www.ingramcontent.com/pod-product-compliance
Lightning Source LLC
LaVergne TN
LVHW010813051026
849532LV00007B/2531
* 9 7 8 9 3 6 9 0 8 7 5 0 1 *

تیسرا سگریٹ

(افسانے)

بلونت سنگھ

Teesra Cigarette (Short Stories)

by: Balwant Singh

Edition: February '2026
Publisher :
Taemeer Publications LLC (Michigan, USA / Hyderabad, India)

ISBN 978-93-6908-750-1

کتاب	:	**تیسرا سگریٹ** (افسانے)
مصنف	:	**بلونت سنگھ**
بہ تعاون	:	الف یار ڈاٹ کام ویب سائٹ
صنف	:	فکشن
ناشر	:	تعمیر پبلی کیشنز (حیدرآباد، انڈیا)
سالِ اشاعت	:	۲۰۲۶ء
صفحات	:	۱۲۸
سرورق ڈیزائن	:	تعمیر ویب ڈیزائن

فہرست

پیش لفظ

بلونت سنگھ کا شمار اُن افسانہ نگاروں میں ہوتا ہے جنہوں نے اردو اور ہندی دونوں زبانوں میں ادب کی خدمت کو اپنے وجود کا مقصد بنالیا۔ جون ۱۹۲۱ میں پنجاب میں پیدا ہوئے اور ۲۷ مئی ۱۹۸۶ کو رخصت ہوئے، مگر ان کی اصل پہچان آج بھی ان کے افسانے ہیں۔ تدریس سے وابستہ رہنے کے باوجود انہیں شہرت قلم کے توسط سے ملی۔ ان کی پہلی کہانی "سزا" ۱۹۳۷ میں معروف رسالہ ساقی میں شائع ہوئی، جو بعد میں ہندی میں "ڈنڈ" کے نام سے بھی سامنے آئی۔ اسی دور میں جب برصغیر میں فکشن ایک نئے سماجی و ادبی شعور سے گزر رہا تھا، بلونت سنگھ نے حقیقت کو فن کا جزوِ لازم بنا کر اپنی الگ راہ متعین کی۔ "جگا"، "پہلا پتھر"، "دیوتا کا جنم"، "چلمن" اور "پنجاب کی کہانیاں" جیسے مجموعے اردو فکشن کے سرمایہ میں نمایاں اضافہ ہیں۔ وہ محض پنجاب کے نہیں، پورے برصغیر کے انسانی تجربے کے راوی ہیں؛ ان کی ادبی وراثت حقیقت نگاری، انسانی ہمدردی اور اخلاقی توازن پر استوار ہے۔ ان کے نزدیک ادب صرف تفریح یا احتجاج نہیں بلکہ انسان اور اپنے دور کے درمیان جاری ایک مسلسل اخلاقی مکالمہ ہے۔

اردو افسانہ نگاری کی تاریخ میں بلونت سنگھ اُس روایت کے امین ہیں جو زندگی کو بنا کسی تزئین و آرائش کے، اس کے اصل رنگ میں سامنے لاتی ہے۔ ان کی تحریروں کا مزاج رومان سے زیادہ حقیقت نگارانہ ہے۔ گاؤں کی مٹی اڑاتی پگڈنڈیاں، کھیتوں کی نمی

میں بسی ہوئی خوشبو، تھکن سے جھکے ہوئے جسم اور اندر سے ٹوٹے ہوئے دل—یہ سب ان کے ہاں بڑی سادگی اور گہری بصیرت کے ساتھ جلوہ گر ہوتے ہیں۔ اس مجموعے 'تیسرا سگریٹ' میں شامل افسانے "سورما سنگھ"، "دیش بھگت"، "گمراہ"، "ہندوستاں ہمارا"، "بابا مہنگا سنگھ"، "علی! علی!"، "دودھ بھری گلیاں"، "راستہ چلتی عورت" اور "تیسرا سگریٹ" دراصل اسی زمینی حقیقت اور انسانی روح کی کہانی سناتے ہیں، جہاں محبت بھی سچی ہے اور نفرت بھی عریاں۔

بلونت سنگھ کے تخلیقی سفر کا آغاز کم سنی ہی میں ہو گیا تھا۔ "ساقی" میں شائع ہونے والی پہلی کہانی اس نوجوان ذہن کی اس روش کا اعلان تھی کہ وہ زندگی کے تلخ حقائق سے آنکھ نہیں چرائے گا۔ آگے چل کر پنجاب کے دیہات، وہاں کے لوگوں کے دکھ سکھ، اور تقسیمِ ہند کے زخم اس کے موضوعات کا مرکزی حوالہ بن گئے۔ اردو اور ہندی دونوں میں لکھتے ہوئے انہوں نے یہ احساس بھی مستحکم کیا کہ ادب کی اصل زبان انسان کا مشترکہ احساس ہے، نہ کہ صرف رسم الخط یا لہجہ۔

ان کے فن کی ایک نمایاں خصوصیت دیہی فضا کی صداقت ہے۔ گاؤں ان کے ہاں صرف پس منظر نہیں بلکہ خود ایک جیتا جاگتا کردار بن کر ابھرتا ہے۔ ان کے دیہات میں کھیتوں کی خوشبو کے ساتھ غربت اور محرومی کا بوجھ بھی ہے، رہٹ کی چرخ چوں کے ساتھ انسان کی اندرونی تھکن بھی، اور کھردرے جوانوں کی مردانگی کے ساتھ نرم دل عورتوں کی مغموم مسکراہٹ بھی۔ ان کے کردار سانس لیتے ہیں، سوچتے ہیں، غلطیاں کرتے ہیں، پچھتاتے ہیں، گرتے ہیں اور اٹھ کھڑے ہوتے ہیں-بالکل ہماری طرح۔

تقسیمِ ہند کے المیے نے برصغیر کے بیشتر ادیبوں کی طرح بلونت سنگھ کو بھی گہرائی سے متاثر کیا، لیکن ان کا زاویۂ نظر محض نوحہ گری یا انتقامی شدت پسندی نہیں۔ جب

مذہب اور سیاست نے انسان کو انسان سے جدا کر دیا، انہوں نے قلم کے ذریعے انسانیت، رواداری اور ہمدردی کی شمع روشن رکھنے کی کوشش کی۔ ان کی کہانیوں میں شور شرابہ نہیں، بلکہ ایک دھیما، مگر کاٹ دار سچ بولا جاتا ہے—یہ سچ کہ نفرت کے اندھیرے میں بھی محبت کی کوئی نہ کوئی لو جلتی رہتی ہے۔ ان کے ہاں اخلاقی وعظ نگاری کم اور تجربے کی تراش خراش زیادہ ہے۔ یوں محسوس ہوتا ہے جیسے کسی دہقان کی سانسوں میں بسی ہوئی دانائی خود افسانہ بن کر بولنے لگتی ہے۔ کردار مذہب، ذات یا قوم سے نہیں بلکہ اپنے رویّے اور عمل سے پہچانے جاتے ہیں؛ کہیں ایک کمزور انسان کی توبہ کا لمحہ پوری کہانی کو روشن کر دیتا ہے اور کہیں کسی خاموش عورت کی آنکھ سب سے زیادہ بولتی ہے۔

بلونت سنگھ کا امتیاز یہ بھی ہے کہ وہ پنجاب کو اندر تک جانتے ہیں، لیکن اس کی رومانوی سطح پر نہیں رکتے۔ وہ اس زمین کے کھردرے، تلخ اور بعض اوقات ظالمانہ سچ کو پوری بے باکی سے دکھاتے ہیں، جسے دیکھنے اور قبول کرنے کے لیے بھی حوصلہ درکار ہے۔

زیرِ نظر انتخاب "تیسرا سگریٹ" بلونت سنگھ کے فن کا مختصر مگر معتبر تعارف ہے۔ ہر افسانہ انسانی رشتوں، سماجی تضادات اور باطنی کشمکش کا الگ زاویہ سامنے لاتا ہے۔ کہیں قربانی اور وفاداری کی مکالمہ انگیز تصویریں ہیں، کہیں آزادی اور وطن سے جڑے جذبات کی جھلک، کہیں عورت کی غیر محفوظ مسکراہٹ کے پس پردہ چھپی ہوئی کہانی، اور کہیں ایک سگریٹ کے بہانے زندگی بھر کے حساب کتاب کا سامنا۔ ان سب کہانیوں کو جو چیز باہم جوڑتی ہے وہ انسان کو انسان سے جوڑنے والا ربط اور مشترکہ دکھ سکھ کا شعور ہے، جو زمانوں اور سرحدوں سے ماورا ہے۔

بلونت سنگھ نے اپنی کہانیوں میں نہ صرف پنجاب کے دیہات کو زندہ کیا بلکہ وہاں کے لوگوں کی روحوں کو بھی دوام بخشا۔ ان کے کردار وقتی نہیں بلکہ ابدی تاثر چھوڑتے ہیں۔ وہ یاد دلاتے ہیں کہ اچھا ادب صرف رُلا دینے یا چونکا دینے کا نام نہیں، بلکہ محبت، معافی اور سمجھ بوجھ کے ذریعے انسان کے اندر ایک نئی روشنی پیدا کرنا بھی اس کا فرض ہے۔

زبان و بیان کے اعتبار سے بلونت سنگھ کا اسلوب حد درجہ سادہ، رواں اور بامعنٰی ہے۔ روزمرہ کے الفاظ ان کے ہاں ایک نئے تخیل کی گرمی سے بھرتے ہیں۔ وہ علامت اور اشاریت سے کام ضرور لیتے ہیں، لیکن ایسی پیچیدگی پیدا نہیں ہونے دیتے جو قاری کو دور دھکیل دے۔ مکالمے قدرتی، مناظر نگاری مختصر مگر دل میں اتر جانے والی، اور فضا آفرینی بے ساختہ ہے۔ یہی سلاست ان کے اسلوب کو عام قاری کے لیے بھی قابلِ قبول بناتی ہے اور صاحبِ ذوق نقاد کے لیے بھی باعثِ توجہ؛ اور یہی وہ خوبی ہے جو انہیں اردو فکشن میں ایک مستقل، دیرپا اور زندہ آواز بناتی ہے۔

۱

سورما سنگھ

پچھلی گرمیوں میں جب تفریح کے لیے پہاڑ پر گیا تو وہاں لوگوں کا غیر معمولی رش پایا۔ کوئی ہوٹل، کوئی مکان یا دھرم شالہ خالی نہ تھی۔ بہت دوڑ دھوپ کے بعد کہیں گوردوارے میں جگہ ملی۔ ایک معمولی سا کمرہ تھا اور اس کے ساتھ ایک چھوٹا سا باورچی خانہ۔ گوردوارے میں تین روز تک تو مفت رہنے کی اجازت تھی اور اگر اس کے بعد کوئی شخص قیام کرنا چاہے تو پھر دکشنا لی جاتی تھی۔ جنگ سے پہلے تو چار آنے یومیہ بھی شکریہ کے ساتھ قبول کر لیتے تھے۔ لیکن اب جو پوچھا تو دو روپیہ فی یوم کے حساب سے پیشگی دکشنا کا مطالبہ کیا گیا۔ کہنے کو تو دکشنا، لیکن زبردستی اور پیشگی۔ چونکہ گھر سے پہاڑ پر ایک ڈیڑھ ماہ گزارنے کے خیال سے آیا تھا تو لوٹ کر کیسے جاتا۔ چنانچہ دکشنا ادا کر دی گئی۔

اتنے میں یا اس سے زیادہ کرایہ پر اگر ہوٹل میں جگہ مل جاتی تو وہ اور بات تھی۔ وہاں خدمت کے لیے نوکر اور دیگر سہولتیں بھی میسر ہوتی ہیں۔ لیکن اس وقت تو اس کے سوا اور کوئی چارہ ہی نہ رہا۔ میں یہ بتانا بھول گیا کہ میرے ساتھ میرا چھوٹا بھائی بھی تھا۔

کمرے میں دو کھڑکیاں تھیں۔ ان کھڑکیوں کے سامنے ہم نے اپنی چارپائی بچھا دی۔ ایک نوکر بھی مل گیا۔ باورچی خانے میں اکٹھے دو من کوئلے ڈلوا لیے۔ دو وقت کھانا بھی پکنے لگا۔ خالص گھی ہم اپنے ہمراہ ہی لیتے گئے تھے۔۔۔ میرا پروگرام یہ تھا کہ دن بھر تو چارپائی پر لیٹے لیٹے پڑھا کرتا۔ شام کو چار بجے کے قریب سیر کے لیے نکل جاتا۔ کچھ دیر سیر کرنے کے بعد کسی انگریزی سینما میں کوئی پکچر دیکھ لیتا۔ بس کم و بیش یہی میرا معمول تھا۔ چھوٹے بھائی کو دو چیزوں کا بہت شوق تھا۔ گھوڑے کی سواری کرنے کا اور سکیٹنگ کا۔ دن کا کچھ وقت پڑھنے میں گزارنے کے بعد وہ سکیٹنگ یا گھوڑ سواری کے لیے چل کھڑا ہوتا۔ کبھی کبھی اگر وہاں دیکھنے کے قابل کوئی پکچر آتی تو ہم دونوں پکچر دیکھنے کے لیے چلے جاتے تھے۔ اس طرح سے ہماری زندگی گزر رہی تھی۔

چونکہ میں دن بھر کمرے ہی میں رہتا تھا۔ اس لیے اگر کبھی پڑھتے پڑھتے تھک جاتا تو پہاڑوں کے مناظر سے لطف اندوز ہونے کے لیے باہر نکل آتا۔ ہمارے کمرے کے آگے بڑھا ہوا چھوٹا سا چھجا بھی تھا۔ میں جنگلے پر ہاتھ ٹیک کر کھڑا ہو جاتا اور ایک دوسرے کے پیچھے لپکنے والے بادلوں کا تماشا دیکھا کرتا۔ ہمارے کمرے کے ساتھ ہی ایک اور چھوٹا سا کمرا تھا۔ وہاں پر ایک لمبی داڑھی والا سکھ رہتا تھا۔ اس کے ساتھ ایک دو شخص اور بھی آن رہتے تھے۔ ہمارے کمرے کے آگے ایک بڑا برآمدہ تھا۔ چند کوٹھریاں بھی تھیں۔ اس برآمدے میں گوردوارے کا باورچی خانہ تھا۔ ہمارے کمرے سے اوپر والی منزل پر بھی متعدد کمرے بنے ہوئے تھے اور نیچے کی منزل پر بھی کمرے تھے۔ یعنی ہمارا کمرہ درمیانی منزل پر تھا۔

جب میں اپنے کمرے کے آگے چھجے پر کھڑا ہوتا تھا تو مجھے ادھر ادھر کی باتیں سننے کا موقع بھی مل جاتا تھا۔ گورو کا لنگر (کچن) محض باورچی خانہ ہی نہیں تھا بلکہ اسے گوردوارے کا دار العلوم بھی کہہ لیجیے یا کلب گھر، بس دونوں کا کام دیتا تھا۔ غالباً اسی جگہ میں نے پہلے پہل دو تین مرتبہ سورما سنگھ کا نام سنا تھا۔ جس طرح مسلمانوں میں اندھے شخص کو حافظ جی کہہ کر مخاطب کیا جاتا ہے اور ہندوؤں میں سورداس جی کہہ کر اسی طرح سکھوں میں اسے سورما سنگھ کہتے ہیں۔

یوں تو سورما کے معنی بہادر کے ہوتے ہیں اور بہادر شخص کی بابت انسان یہی تصور کر سکتا ہے کہ وہ ایک مضبوط، طاقتور اور بارعب شخص ہو گا۔ اسی طرح جیسے سورما سنگھ نام کی وجہ نہ معلوم ہو تو وہ کسی گرانڈیل سکھ کا تصور ہی باندھے گا لیکن حقیقت اس کے برعکس تھی۔ سورما سنگھ ایک چھوٹے سے قد اور اکہرے بدن کا شخص تھا۔ اس کے چہرے پر چیچک کے بہت گہرے گہرے داغ تھے۔ اس کی آنکھوں میں سفیدی ہی سفیدی تھی۔ پتلیاں تقریباً غائب تھیں۔ اس کا منہ ذرا سا کھلا رہتا تھا۔ اس کے بالوں کا بڑا سا جوڑا بھی اونٹ کے کوہان کی طرح پگڑی میں سے اٹھا ہوا دکھائی دیتا تھا۔ سر کے پیچھے گدی کے قریب کے بال اس سے سمٹتے نہیں تھے اور اس کی پگڑی میں سے نکل الٹ کر گردن پر گرے رہتے تھے۔ وہ منہ اوپر کو اٹھائے ہوئے چلتا تھا۔ وہ غریب تھا، محتاج تھا، بیکار تھا اور شاید یہ کہنے کی ضرورت نہیں کہ وہ غیر شادی شدہ تھا۔

وہ کچھ عرصے سے مستقل طور پر گوردوارے میں رہتا تھا۔ اس کی رہائش کے لیے کوئی کوٹھری مخصوص تو نہ تھی۔ جہاں جگہ ملتی پڑ رہتا۔ کسی برآمدے میں یا

اجازت ملنے پر کسی مسافر کے کمرے میں، یا پھر ہال کمرے میں، اسے دو وقت چائے اور کھانا لنگر سے مفت ملتا تھا، وہ دن بھر ہاتھ میں ایک ٹیڑھی ترچھی لکڑی لیے گھوما کرتا۔ میں نے اسے بازاروں میں آتے جاتے بھی دیکھا تھا۔ پہاڑوں پر سائیکلیں، موٹریں، تانگے تو خیر ہوتے ہی نہیں، پھر بھی گھوڑوں، رکشاؤں اور پیدل چلنے والوں ہی کی کافی بھیڑ ہوتی ہے۔ لیکن وہ ان سب باتوں سے بے پروا بڑی تیزی سے چلتا تھا، جیسے وہ سب پر یہ ظاہر کرنے کی کوشش کر رہا ہو کہ وہ نابینا نہیں ہے اور حقیقت بھی یہی ہے کہ دور سے اسے چلتا دیکھیے تو کوئی غیر معمولی بات نظر نہ آتی تھی۔۔۔ اس طرح وہ تین چار مرتبہ خطرناک حادثوں سے بال بال بچ چکا تھا۔ لوگ اسے منع بھی کرتے تھے لیکن جواب میں اس کے ہونٹوں کے گوشوں کی لکیریں اور بھی زیادہ گہری ہوتی تھیں۔

ایک روز شام کے وقت سارا دن پڑھنے کے بعد میں تھکا ماندہ سیر کرنے کی غرض سے باہر نکلا۔ تھوڑی ہی دور گیا تھا کہ بارش نے آن لیا۔ میرے پاس چھتری موجود تھی۔ لیکن بارش کی بوچھار اس قدر تیز تھی کہ میں نے اور آگے بڑھنا مناسب نہ سمجھا۔ چنانچہ لوٹ آیا۔ جب کمرے کے قریب پہنچا تو دیکھا سورما سنگھ میرے دروازے کے آگے والے جنگلے کے قریب کھڑا ہے۔

اس روز ہم دونوں کی آپس میں پہلی دفعہ گفتگو ہوئی۔ سورما سنگھ میرے پڑوسی سردار صاحب کی آمد کا منتظر تھا۔ چونکہ اس وقت میں بھی تنہا تھا اور سورما سنگھ بھی وہاں کھڑا بارش کی آڑی بوچھار سے بچ نہ سکتا تھا اس لیے میں نے اسے اپنے کمرے میں بلا لیا۔ وہ "باگورو باگورو" کرتا اندر آیا اور چونکہ میں نے اسے ذرا احترام کے

ساتھ بلایا تھا اس لیے اس نے بھی مجھے "چند پند سود مند" سے نوازنا لازمی سمجھا اور پھر اس کے بعد کیف اور وجدان کی مبہم باتیں ہونے لگیں۔ زندگی کی ناپائداری، آتما کی لافانیت، کرموں کے پھل پر اس نے چھوٹا سا لکچر دیا۔ میں نے بڑے تحمل کے ساتھ سنا۔ کبیر کے دوہوں اور گورو تیغ بہادر کے شلوکوں کے بعد اس نے ایک شعر گویا کا بھی پڑھا۔۔ اور پھر بلھے شاہ کی تصوف سے لبریز کافیوں پر اتر آیا۔

باہر سے آنے والی بارش کے تراڑوں کی آواز میں اس کی درد بھری صدا بلند ہوئی۔ حقیقت یہ ہے کہ اس کی آواز میں ایک خاص کرارہ پن اور کسک سی تھی۔ بلھے شاہ کی کافیوں کو سن کر ایک مرتبہ تو مجھے جیسے مادہ پرست شخص پر بھی وجد سا طاری ہو گیا۔ اس وقت میں سوچنے لگا کہ زندگی کی اقدار زمانے کی ضرورتوں کے لحاظ سے خواہ بدل کر کچھ سے کچھ ہو جائیں لیکن وجدان کے ایک لمحہ کی لذت سے کیوں کر انکار کیا جا سکتا ہے۔ یہ گمشدگی کی کیفیت سچ مچ حقیقی معلوم ہونے لگی تو اس میں حرج ہی کیا ہے۔ اس طرح سورما سنگھ کی دردناک لے نے ایسا سماں باندھ دیا کہ ایک مرتبہ تو میں بھی مارکسی صراطِ مستقیم سے بھٹک گیا۔

اس کے چلے جانے کے بعد میں دیر تک اس بات پر غور کرتا رہا کہ روحانیت مشرق کی گھٹی میں پڑ چکی ہے۔ آب و ہوا کا اثر کہیے یا اسے ایشیا والوں کے مخصوص مزاج سے تعبیر کیجیے۔ بہر حال دنیا بھر کے سب سے بڑے بڑے نبی اور روحانی رہبر ایشیا نے پیدا کیے اور اس کی تھوڑی سی جھلک مغرب نے بھی دیکھی لیکن انہوں نے اسے یکسر خلافِ مزاج پا کر اسے جھٹک کر پرے پھینک دیا۔ اس طرح بہت دیر تک میرا ذہن فلسفیانہ قلابازیاں کھاتا رہا۔

میرے ساتھ والے کمرے میں جو لمبی داڑھی والے سکھ رہتے تھے، وہ خالص پنجابی نہیں تھے۔ ان کا باپ پنجابی تھا اور ماں یوپی کی عورت تھی۔ عین ممکن ہے کہ سائنس کا کوئی ماہر اس کے سر کی بناوٹ اور ناک کی اوچان یا پھیلاؤ سے بتا سکے کہ وہ خالص پنجابی نسل سے نہیں تھا لیکن بظاہر اس میں اور دیگر سکھوں میں کوئی فرق نظر نہیں آتا تھا۔ اس کی داڑھی بہت لمبی تھی یعنی تقریباً ناف تک پہنچتی تھی۔ ادھیڑ عمر کا شخص تھا۔ اس لیے داڑھی میں سفید بالوں کی تعداد بھی کچھ کم نہ تھی۔ چوڑی پیشانی، چھوٹی چھوٹی آنکھیں جن کے نیچے تھیلے لٹکتے دکھائی دے رہے تھے۔ موٹے موٹے ہونٹ، بڑا سا پیٹ، سر پر ڈھیلی ڈھالی بے ڈھب پگڑی، گلے میں شیروانی نما عجب بے ڈھنگا کوٹ۔ ان کے حالات سے مجھے زیادہ واقفیت تو حاصل نہیں تھی، بس اس قدر جانتا تھا کہ وہ دن بھر گھوم پھر کر مختلف امراض کی دوائیاں بیچتے تھے۔ اچھے پیسے کماتے تھے اور رات کو بلاناغہ شراب پیتے تھے اور اگر کسی روز بہت بڑی رقم ہاتھ لگ جاتی تو پھر گوردوارے میں کڑاہ پرشاد (حلوا) کرواتے اور اڑوس پڑوس کے لوگوں میں مٹھائی بانٹتے۔

جیسا کہ میں کہہ چکا ہوں گوردوارے کا لنگر خانہ ایک قسم کا کلیسا گھر بھی تھا۔ بے خانماں غریب لوگوں کو دو تین روز تک کھانا بھی ملتا تھا۔ اس لیے سورما سنگھ کے علاوہ ہر روز نت نئی صورتیں دکھائی دیتی تھیں۔ یہ وہ لوگ تھے جن کے لیے سوسائٹی میں کوئی جگہ نہ تھی۔ ہر مذہب اور ہر قوم کے، ان لوگوں میں صرف ایک بات مشترک تھی وہ یہ کہ وہ سب کے سب بھوکے تھے۔

لنگر کا کل انتظام دو نہنگ سکھوں کے سپرد تھا۔ نہنگ بمعنی مگرمچھ۔ یوں تو سکھ

جنگجو قوم ہے، لیکن نہنگ وہ سکھ ہوتے ہیں جو سر پر کفن باندھے پھرتے ہیں۔ وہ عموماً گرہستی کے چکر میں بھی نہیں پھنستے، ضرورت سے زیادہ کوئی شے اپنے پاس نہیں رکھتے۔ ہتھیار بند رہتے ہیں اور ہر دم تیار بر تیار۔ عام طور پر نیلے رنگ کے کپڑے پہنتے ہیں۔ سر پر لمبوتری پگڑی جس میں کرشن جی کے سدرشن چکر کی طرح لوہے کے چکر پھنسے ہوتے ہیں۔ گلے میں لوہے کے منکوں کی مالا، یہ موٹے موٹے لوہے کے کڑے، تلواریں، نیزے و دیگر ہتھیاروں سے لدے پھندے رہتے تھے۔ چنانچہ گوردوارے کے لنگر خانے میں بھی اسی قسم کے دو نہنگ سکھ تھے۔ وہ نوجوان تھے اور خوب موٹے تازے اور تانبے کی طرح سرخ تھے۔ میں ان کی پنڈلیوں کے پھیلاؤ اور کلائیوں کی چوڑائی پر رشک کیا کرتا تھا۔

وہ لوگ تقریباً سارا سارا دن لنگر خانے میں بیٹھے رہتے تھے۔ انہیں کھانے پکانے کے سوا کوئی کام نہ تھا۔ شام کے وقت لنگر خانے کی رونق بڑھ جاتی تھی۔ سورما سنگھ سرِشام ہی بھٹی سے کچھ دور ایک چوکور تختے پر بیٹھ جاتا۔ اگرچہ اس کی کوئی شنوائی نہ تھی۔ لیکن وہ انہیں ہدایتیں کرنے سے کبھی نہ چوکتا تھا۔ دال میں نمک کی اسے ہمیشہ ہی بہت سخت شکایت رہتی تھی۔ دونوں نہنگ اس سے چڑتے تھے۔ حقیقت یہ تھی کہ ان لوگوں کو کھانا پکانے میں کوئی مہارت حاصل نہ تھی۔ وہ لوگ پہاڑوں کے راستے سے ہیم کنڈ جا رہے تھے۔ ہیم کنڈ وہ مقام تھا جہاں گورو گوبند سنگھ جی نے پچھلے جنم میں تپسیا کی تھی۔ لیکن گوردوارے والوں نے انہیں اس جگہ روک لیا۔

صحیح طور پر نہیں کہا جا سکتا کہ وہ لوگ واقعی ہیم کنڈ جا رہے تھے یا نہیں۔ لیکن

اتنا ضرور ہے کہ اب وہ اگر ذرا بھی بگڑتے تو بس فوراً ہیم کنڈ چلے جانے کی دھمکی دیتے۔ چونکہ گوردوارے والوں کے پاس اس وقت اور کوئی آدمی تھا نہیں، اس لیے ان کے مطالبات مان لیے جاتے تھے۔ اس لحاظ سے دونوں نہنگ واقعی بڑے لاڈلے تھے لیکن سورما سنگھ انہیں ٹوکنے سے کبھی نہیں چوکتا تھا۔ اس پر وہ طیش میں آکر کہتے، "ابے یہاں تیری لگائی بیٹھی ہے روٹی پکانے کو۔"

اس پر کئی آدمیوں کے دانت نکل آتے۔ ادھر ادھر پتھریلی زمین پر بیٹھے ہوئے غریب لوگ بڑی دیگ پر نگاہیں جمائے نہنگ سکھوں کی ہر بات پر اظہار خوشنودی کرتے اور پھر ادھر ادھر منڈلانے والے کتوں کو دھتکارنے لگتے۔ نہنگ سکھوں کی زبان سے لگائی کا طعنہ سن کر دفعتاً سورما سنگھ کے چہرے پر روحانیت کا نور جھلکنے لگتا۔ کہتا، "میں کسی عورت سے بات تک کرنا پسند نہیں کرتا۔۔۔"

"ہو ہو۔" ایک نہنگ مونچھوں کو تاؤ دیتے ہوئے کہتا، "تو بات کرنا پسند نہیں کرتا یا عورتیں تجھ سے بات کرنا پسند نہیں کرتیں۔۔۔"

وہ یہ برداشت نہیں کر سکتا تھا۔ یہ بات سن کر عموماً اس کے کان سرخ ہو جایا کرتے تھے اور وہ بڑی بے اعتنائی سے ہاتھ کی مٹھی پر رخسار رکھ کر منہ پھیر لیتا اور نہنگ سکھ بھی بس کتھا ہی چھیڑ دیتا۔ حاضرین سے مخاطب ہو کر کہتا، "اجی سورما سنگھ اس معاملے میں بڑا گھاگ ہے۔ اگر میرے کہنے کا یقین نہ ہو تو دیر سویر آکر چپکے سے دیکھو کہ بھلا سورما سنگھ کیا کر رہے ہیں۔ اب یہاں صحن میں عورتیں دھوپ کھانے کے لیے بیٹھ جاتی ہیں تو یہ بھی سٹک کر ان کے قریب جا بیٹھتا ہے۔ اسے عورتوں کی باتیں سننے کا بڑا شوق ہے۔ کیوں سورما سنگھ آخر تجھے عورتوں کی باتوں میں کیا لطف

آتا ہے۔۔۔ صحن کے پرلے کونے کی طرف سورما سنگھ مہاراج کی خاص نگاہ رہتی ہے۔ وہاں عورتیں کپڑے وپڑے دھونے کے لیے بیٹھی ہوتی ہیں۔ ایسے موقعہ پر وہ آدھی ننگی ہی ہوتی ہیں، تو بس یہ بھی ان کے قریب منڈلاتے رہتے ہیں۔ کبھی کسی سے چھو جاتے ہیں۔ کبھی کسی پر گر پڑتے ہیں۔ دھنیہ ہو مہاراج دھنیہ ہو!"

یہ کہہ کر وہ دونوں ہاتھ جوڑ نمسکار کرنے لگتے۔ دوسرا نہنگ سکھ کہتا۔۔۔ جی پرسوں ہی کی بات تو ہے۔ وہ سجن سنگھ کے گھر سے ہے نا بھئی۔ وہ خوب موٹی تازی طرحدار عورت ہے۔ وہ بیٹھی کپڑے دھو رہی تھی۔ ہمارے سورما وہاں سے پانی لینے کے بہانے سے گئے اور جان بوجھ کر پھسلے اور عین عورت پر کچھ بے ڈھب طریقے سے گرے کہ بس اٹھنے کا نام نہیں لیتے تھے۔ وہ عورت بھی ایک لڑاکا ہی ہے۔ اس نے سردار سورما سنگھ کی پگڑی اتار کر جوڑا پکڑ لیا اور کھینچتی غسل خانے سے باہر لے آئی اور ان کی چندیا پر تین چار سلیپر جو دیے تو ہوش ٹھکانے آ گئے۔ اتنے میں عورت کا خصم بھی پہنچ گیا۔ وہ ٹھہرا خونی آدمی۔ وہ تو انہیں پرلوک سیدھا ٹکٹ لے دیتا۔ لیکن لوگوں نے بیچ بچاؤ کر دیا۔۔۔ پُچ پُچ سورما سنگھ بھئی ذرا پگڑی تو اتار، دیکھیں کتنے بال باقی بچے ہیں۔۔۔"

اس پر فلک شگاف قہقہے بلند ہوتے اور سورما سنگھ بری طرح کھسیا جاتا۔ اس کا چہرہ سرخ سے سرخ تر ہو جاتا۔ حاضرین میں سے کوئی مسکین آواز میں کہتا، "جی آنکھوں سے اندھا ہے اسے کچھ دکھائی تو دیتا نہیں، عورت اس کے سامنے الف ننگی بھی کھڑی ہو جائے تو کیا۔۔۔؟" یہ بات کہنے سے مقصد سورما سنگھ کی طرفداری نہیں بلکہ نہنگ سکھوں کو گرمانا ہوتا تھا۔ چنانچہ وہ بڑے رازدارانہ لہجے میں کہتے،

"اجی نہیں۔ یہ آواز ہی آواز میں سارا مزا لے جاتے ہیں۔۔۔ یہ عورت کی آواز سے اس کی صورت، اس کے جوبن کے ابھار وغیرہ سب چیزوں کا اندازہ لگا لیتے ہیں۔۔۔" اس طرح نہنگ سکھ اس کی خوب مٹی پلید کرتے تھے اور وہ بھی جہاں تک ہوسکتا ان کے خلاف زہر اگلتا تھا۔ چنانچہ ایک رات گیارہ بجے کے قریب دفعتاً مجھے ایک مہیب چیخ کی آواز آئی۔ میں سویا ہوا تھا۔ یکایک آنکھ کھل گئی۔ اس کے بعد پھر ذبح ہوتے ہوئے جانور کی سی آواز فضا کو چیرتی ہوئی نکل گئی۔ میں فوراً اٹھا۔

"لوگو بچاؤ۔۔۔ میں مر گیا۔۔۔ مجھے مار ڈالا۔۔۔" میں نے ٹارچ ہاتھ میں لی۔ ایک نہنگ نیچے کے کمرے میں سے جھپٹ کر باہر نکلتا اور پھر چشم زدن میں تاریکی میں غائب ہوتا ہوا دکھائی دیا۔ رات کی خاموشی میں چیخوں کی آواز سن کر اور بھی کئی لوگ جمع ہوگئے۔۔۔ کمرے کے اندر سے سورما سنگھ کو باہر نکالا گیا اور پھر اسے اوپر بجلی کی روشنی میں لے آئے۔ اگرچہ اس کے لیے ہر طرف تاریکی تھی۔ وہ ڈرا ہوا تھا۔ اسے اب بھی اس بات کا خوف تھا کہ کوئی اسے مار نہ ڈالے۔ اس پر سوالات کی بوچھاڑ ہوگئی۔ معلوم ہوا کہ رات کی تاریکی میں ایک نہنگ سکھ نے اسے کمرے میں جا دبوچا اور اس کا ٹینٹوا دبا کر اسے جان سے مار ڈالنے کی کوشش کی۔ اس پر نہنگ سکھ کو بلایا گیا۔ اب تک کوٹھری میں چھپے رہنے ہی سے ثابت تھا کہ دال میں کچھ کالا ضرور ہے۔

نہنگ سکھ نے کہا وہ اسے روٹی دینے گیا تھا۔ اس پر کسی نے کہا صاحب یہ سورما سنگھ واقعی انہیں بہت تنگ کرتا ہے۔ بچارے سارا سارا دن گوردوارے کی سیوا کریں اور پھر اس لاٹ صاحب کے بچے کو کمرے میں کھانا پہنچا کر آئیں۔ اس پر

سورما سنگھ نے کہا کہ لنگر خانے میں وہ سب لوگ اس کا مذاق اڑاتے ہیں اور نہنگ اسے ہمیشہ بہت تنگ کرتے ہیں۔ کبھی اس کی دال میں پیشاب کر دیتے ہیں اور کبھی روٹیاں جلا پھونک کر اس کے منہ پر دے مارتے ہیں۔ اب جو نہنگ سکھ مجھے روٹی دینے کے لیے گیا تو کہنے لگا، "ابے حرام زادے، حرام خور۔۔۔"

بہت دیر تک ہنگامہ برپا رہا۔ جتنے منہ اتنی باتیں۔ گرم گرم باتوں کے بعد اب صلح کی باتیں ہونے لگیں۔ سورما سنگھ خوب گلا پھاڑ پھاڑ کر بلند آواز میں نہنگ سکھوں کو گالیاں دے رہا تھا۔ آخر گیانی جی نے اسے منع کیا۔ کہنے لگے کہ اس طرح بہت چیخنے سے گلا بیٹھ جائے گا اور پھر دوسرے روز گوردوارے میں وہ شبد نہ گا سکے گا۔ آخر معاملہ رفع دفع ہو گیا۔

رات کے وقت آٹھ بجے کے قریب ہم سنیما دیکھ کر آ رہے تھے۔ راستے میں چھوٹا بھائی تو سکیٹنگ ہال کی طرف چلا گیا اور میں قدم بہ قدم سیر کرتا اور پہاڑوں کے اتار چڑھاؤ پر ٹمٹماتی ہوئی بتیوں کا تماشہ دیکھتا ہوا نو بجے کے قریب کمرے میں پہنچا۔ دور ہی سے کچھ غیر معمولی شور سنائی دینے لگا تھا۔ قریب پہنچ کر معلوم ہوا کہ آج پڑوس کے سردار جی کے ہاں جشن ہو رہا ہے۔ اپنے کمرے میں آکر کپڑے بدلے اور تکیے پر سر رکھ کر لیٹ گیا۔ خیال تھا کہ جو ناول شروع کر رکھا تھا، آج اس کا باقی حصہ بھی پڑھ کر ختم کر ڈالوں گا۔

لیکن بہت جلد ہی مجھے معلوم ہو گیا کہ آج کچھ پڑھنا ناممکن ہے۔ پڑوس میں ایسی دھما چوکڑی مچی ہوئی تھی اور مختلف لوگوں کی بے ڈھنگی ملی جلی آوازوں کے شور میں یکسوئی ناممکن تھی۔ کتاب سینے پر دھرے میں ذہنی کش مکش میں مبتلا

آنکھیں جھپک رہا تھا کہ میرے دروازے پر دھڑاک دھڑاک دستک کی آواز آئی۔ اٹھا، دروازہ کھولا، دیکھا کہ لمبی داڑھی والے سردار جی ہاتھ میں مٹھائی کا دونا لیے کھڑے ہیں۔ انہوں نے بتایا کہ آج انہوں نے مٹھائی تقسیم کی تھی۔ یہ میرا حصہ تھا۔ میں نے شکریہ ادا کیا اور پھر یونہی بات چیت کرتا ہوا آگے بڑھا۔ ان کے دروازے میں جھانک کر دیکھا تو دونوں نہنگ سکھ، نیز دو تین اور اشخاص کے علاوہ وہاں سورما سنگھ بھی براجمان تھے۔۔۔ آج سب نے پی رکھی تھی۔ صراحی جھوم رہی تھی اور پیمانہ وجد میں آیا ہوا تھا۔

لمبی داڑھی والے سردار صاحب نے داڑھی لہلہاتے ہوئے مجھے محفل میں شمولیت کی دعوت دی۔ لیکن میں نے تماشائی بنا رہنا پسند کیا۔ اس وقت کے سورما سنگھ اور روز مرہ کے سورما سنگھ میں زمین آسمان کا فرق تھا۔ پگڑی سر سے اتر کر اس کی ٹانگوں میں الجھی ہوئی تھی۔ داڑھی کے بال بکھرے ہوئے تھے۔ سر کے بال کھل کر شانوں پر آن گرے تھے۔ ہوش و حواس بجا نہ تھے۔ بیٹھا سانڈ کی طرح ڈکار رہا تھا۔ ہوا میں ہاتھ پاؤں چلا رہا تھا۔ اس کی بے نور آنکھوں کے سامنے آج پریاں ناچ رہی تھیں۔ سب لوگ اس کے گرد گھیر اڈالے بیٹھے تھے اور درمیان میں بیٹھے ہوئے سورما سنگھ نے لہک کر دفعتاً سینے پر ہاتھ مارتے ہوئے کہا، "ہائے مار گئی۔۔۔"

دوسروں نے پوچھا، "سچے پادشاہو! کون مار گئی۔" لیکن سورما سنگھ ہر سوال کے جواب میں حال میں آئے ہوئے بدمست شخص کی طرح جواب دیتا، "ہائے مار گئی۔۔۔" نہنگ سکھوں نے از راہِ مذاق اس کی کھوپڑی پر ٹھنڈے پانی کے چھینٹے دیتے ہوئے کہا، "اجی سورما سنگھ! واہگورو نام کا جاپ کیجیے۔۔۔ بلھے شاہ کی کافیاں

سنائیے۔۔۔"

پھر بڑی رقت انگیز آواز میں وہ بلھے شاہ کی تصوف سے لبریز کافیاں سنانے لگا۔۔۔ اس کی آواز میں سوز نہ معلوم کس طرح پیدا ہو جاتا تھا۔ آواز میں درد اور لہجے میں افتادگی ایسی کہ اس تاریک اور غلیظ کمرے میں بیٹھے ہوئے بدمست شرابی سر دھننے لگے۔۔۔ اور پھر گاتے گاتے سورما سنگھ کی آواز بھرا گئی۔ اور وہ پھوٹ پھوٹ کر رونے لگا۔ چراغ کی لو ٹمٹما رہی تھی۔

رم جھم مینہ برسنے کے بعد بارش رک گئی لیکن ابھی بادل چھائے ہوئے تھے۔ فضا بوجھل تھی۔ دو بجے کا وقت تھا۔ اخبار ایک تو یونہی دیر سے آتا تھا، دوسرے اس روز مسلسل بارش کی وجہ سے اور بھی دیر سے ملا۔ میں جلدی جلدی سرخیوں پر نظر دوڑا رہا تھا کہ مختلف آوازوں سے ایک مرتبہ پھر گوردوارے کی فضا میں ہل چل پیدا ہو گئی۔ گرم چادر لپیٹے ہوئے کمرے میں سے باہر نکلا تو عین ہمارے کمرے کے نیچے واویلا مچا ہوا تھا۔ نیچے اترا معلوم ہوا وہی سورما سنگھ کے سلسلے میں کوئی جھگڑا ہو رہا تھا۔ گیانی جی بھی کھڑے تھے۔

معلوم ہوا کہ اس کمرے میں دو تین روز سے چند مسافر ٹھہرے ہوئے تھے۔ ایک شادی شدہ نوجوان عورت تھی۔ ایک اس کا بڑا بھائی اور ایک چھوٹی سی بہن اور والدین۔ گوردوارے کے باقی کمرے رکے ہوئے تھے۔ اس لیے اس چھوٹے سے کنبے نے سورما سنگھ کو اپنے کمرے کے اندر گوشے میں بنی ہوئی چھوٹی سی کوٹھری میں رہنے کی اجازت دے دی تھی۔ انہوں نے اس پر رحم دکھایا اور اس نے۔۔۔

جب میں وہاں پہنچا تو اس وقت کا منظر یہ تھا کہ نوجوان عورت کا باپ تو گھر پر نہ

تھا۔ باقی لوگ بڑبڑا رہے تھے اور بڑا بھائی سورما سنگھ کو چپت لگا رہا تھا۔ اصل واقعہ یوں پیش آیا کہ عام طور پر سورما سنگھ اپنی کوٹھری میں پڑی ہوئی چارپائی پر بیٹھا رہتا تھا۔ لیکن بعض اوقات کوئی نہ کوئی قابل اعتراض حرکت کر دیتا۔ اس روز جب کہ عورت کا بھائی بھی بازار گیا ہوا تھا، ماں باورچی خانے میں تھی تو سورما سنگھ نے عورت سے دریافت کیا، "اجی بھلا آپ کی اس وقت عمر کیا ہو گی۔" اسی بات پر جھگڑا ہوا۔ بھائی بازار سے آیا۔ یہ بات سنی تو سورما سنگھ کے منہ پر طمانچے مارنے لگا۔ میرے سامنے بھی اس نے دو تین چپت رسید کیے۔ سورما سنگھ کی پگڑی اتر کر اس کے گلے کا ہار ہو رہی تھی۔ گال مارے طمانچوں کے دہک رہے تھے۔ اور مسوڑھوں میں سے خون نکل آیا تھا۔

اور وہ عورت۔۔۔ وہ عورت کیا تھی۔ گلاب جامن تھی۔ خوب موٹی تازی، صحت ور، گندم گوں رنگ، گول چہرے کے نقوش عام سہی لیکن مدھ بھری آنکھیں سنی تو تھیں لیکن دیکھنے کا اتفاق اسی دن ہوا۔۔۔ اور جب اس نے کچھ کہنے کے لیے منہ کھولا تو اس کی آواز کے ترنم سے کمرہ گونج اٹھا۔ میں نے ایک لمحہ کے لیے آنکھیں موند کر اس کی آواز کو سنا۔۔۔ واقعی ایسی دل کش آواز والی عورت کی عمر جاننے کا کسے اشتیاق نہ ہو گا۔ عورت کی ماں نے چلا کر کہا،

"کلموہے، مشٹنڈے، تجھے شرم نہ آئی۔ ہم نے سورما سنگھ سمجھ کر تجھ پر رحم کھایا اور رہنے کی اجازت دی۔۔۔"

اس پر عورت کے بھائی نے ایک اور چپت رسید کی۔

پلنگ پر بیٹھی ہوئی نوجوان عورت بازو اٹھا کر اپنے رنگ دار جوڑے کو انگلیوں

سے گھما پھرا کر درست کرنے لگی۔ سورما سنگھ مار کھانے میں بہت ماہر تھا۔ اس نے رقت انگیز آواز میں کہا:

"ماتا جی۔۔۔ میں نے یونہی پونچھا تھا۔۔" ماتا جی نے چمک کر کہا، "نگوڑے اب باتیں بناتا ہے۔ اگر سردار جی یہاں ہوتے تو تیری کھال کھینچ دیتے۔۔۔"

اس پر سورما سنگھ اچک کر نوجوان عورت کے قریب جا پہنچا۔ اور ٹٹول کر اس کے دونوں پاؤں پکڑ لیے اور اپنی پیشانی ان پر رکھ دی۔ نوجوان عورت کے بھائی نے اسے جوڑے سے پکڑ کر پرے دھکیل دیا۔ وہ سب لوگ مارے غضب کے لال پیلے ہو رہے تھے۔ لیکن وہ نوجوان عورت جو نئی شادی شدہ دکھائی دیتی تھی، بالکل مطمئن بیٹھی تھی۔ اس کے انداز سے عجب بے اعتنائی ٹپکتی تھی۔ نہ وہ خفا تھی نہ خوش۔ اس دوران میں بڑے ٹھسے سے پلنگ سے پاؤں نیچے لٹکائے بیٹھی رہی۔

گیانی جی کو بہت کم غصہ آیا کرتا تھا۔ وہ عجب ڈھیلے ڈھالے سرد مزاج اور ملائم قسم کے شخص تھے۔ لیکن عورت کے پاؤں چھونے پر انہیں بھی جیسے کوئی چبھن سی محسوس ہوئی ہو،

"سور، پاجی، کمینے۔۔۔ ایں؟"

رفتہ رفتہ گالیاں دے دے کر اور مار مار کر سب لوگ تھک سے گئے۔ آخر میں ایک مرتبہ پھر سورما سنگھ نے عورت کے پاؤں پکڑ لیے اور انہیں بڑی نرمی سے سہلاتے ہوئے اپنا گرم گرم رخسار اس پر رکھ دیا۔ اس وقت وہ ایک پالتو جانور کی طرح دکھائی دیتا تھا۔۔۔ اس نے بلھے شاہ کی کافیوں کی سی رقت انگیز آواز میں چند مبہم الفاظ کہے۔ عورتیں رحم دل ہوتی ہیں۔۔۔ چنانچہ جب اس کا بھائی ایک مرتبہ

سورما سنگھ کی طرف جھپٹا تو وہ بولی، "رہنے دیجیے بھائی صاحب! اور مت ماریے۔۔۔ بچارا سورما سنگھ ہے۔"

اس کے بعد نوجوان عورت نے بلا پاؤں پیچھے ہٹائے ہوئے شیریں آواز اور خالص پنجابی لہجے میں کہا، "ہٹ وے، پرے ہٹ۔"

***

۲

دیش بھگت

شام ہو چکی تھی۔ میں چھوٹے بھائی کو چٹھی لکھ رہا تھا کہ اتنے میں چچا اندر داخل ہوئے، بغیر کسی تمہید کے بولے، "سنو! آج ذرا خاص کام ہے۔ تم کو میرے ساتھ چلنا ہوگا۔"

'خاص کام' والے الفاظ سن کر میں نے سرہانے سے صفا(۱) جنگ اٹھائی اور اسے فرش پر ٹیک اٹھ کھڑا ہوا۔

"مسلمانوں کا محلہ ہے۔۔۔ میاں لوگوں کا، سمجھے۔۔۔؟ اور پھر روپے کا معاملہ۔۔۔(۲)"

میری ان سے کوئی رشتہ داری نہ تھی۔ بس ہمارے گاؤں کے رہنے والے، والد صاحب سے بھی کچھ دعا سلام تھی۔ مجھ پر مہربان تھے اور قدرے بے تکلف بھی۔ میری عمر تقریباً بائیس برس کی تھی، قد ذرا نکلتا ہوا، چوڑا سینہ، سڈول بازو، مضبوط ہاتھ پاؤں، باوجود چار مرتبہ کوشش کرنے کے بھی ایف۔ اے پاس نہ کر پایا تھا۔ چچا کا میانہ قد، گندمی رنگ، کھچڑی داڑھی، دبلے پتلے مگر سخت ہڈی کے تقریباً پینتالیس سالہ بزرگ۔ انہیں پنجاب چھوڑے تین سال ہو چکے تھے۔ اس جگہ ان کا

ایک اینٹوں کا بھٹہ تھا۔ تھوڑا بہت ٹھیکیداری کا کام بھی مل جاتا تھا۔

غبار اور دھند کے گہرے کفن نے شہر کو ڈھانپ رکھا تھا، بازاروں میں کان پڑی آواز سنائی نہ دیتی تھی۔ یکہ والوں کے آوازے۔ ان کی گالیاں، اور قوالیاں۔۔۔ دور دھند لکے میں مسجد کے قریب، کسی گھر کی چھت پر سفید سفید کبوتروں کی ٹکڑیاں ہوا میں پرواز کرتی دکھائی دے رہی تھیں۔ ہم گھنٹہ کے قریب سے ہو کر بیگم سرائے کی طرف چل کھڑے ہوئے۔ نکڑ پر بادشاہ خاں پٹھان کی چائے کی دکان تھی، اس جگہ سود خور پٹھانوں کا اجتماع ہوتا تھا، بیٹھے چائے پیتے یا قہوہ اڑاتے، دو تین، بے بال و پر چھوکرے آگ جلانے، پیالیاں دھونے، چائے بنانے اور پھر گاہکوں کے ساتھ ہنس ہنس کر باتیں کرنے کے فرائض انجام دیا کرتے تھے اور کبھی ریکارڈ بجتے،

لڑم دے لڑم

وہ مورے رادو کا لڑم دے لڑم

کبھی کوئی خان اپنی شلوار اوپر چڑھا، ٹانگیں رانوں تک ننگی کر، کسی ہندوستانی موچی سے جھگڑنے لگتا اور کہتا، "امرا کابل میں چپل او تا، تمرا دیس میں چپلی۔" یا پھر پہلو والی "گرم گرم قلیہ پراٹھا" کی دکان پر شاہ صاحب، ایک بزرگ سبز پوش، داڑھی مہندی سے سرخ کیے آن بیٹھتے۔ آنکھیں جلالِ معرفت کے مارے خونِ کبوتر، چہرہ کندن کی طرح تاباں، زلفیں چکنی چپڑی اور عطر بیز۔۔۔ ان کے تشریف آور ہوتے ہی عقیدت مندوں کے غول کے غول جمع ہونا شروع ہو جاتے، مجہر (مظہر) شہر کے بے تاج بادشاہ جمن رنگ ساز، قمر جلد ساز، اور للو مالک،

جاتے کہاں ہو کس طرف خیال ہے
گھڑیوں کا بس یہی اسپتال ہے

وغیرہ جیسی ہستیاں آن کھڑی ہوتیں، گراموفون کو چابی دے کر ملکۂ عالم کا ریکارڈ چڑھا دیا جاتا اور سب لوگ تالیوں کے ساتھ "اللہ ہو، اللہ ہو، اللہ ہو" گانے لگتے۔ اس طرف پیسہ اخبار والا چلاتا، "ہٹلر کی پیش قدمی۔۔۔ برطانیہ کا دنداں شکن جواب۔۔۔ جاپان کی برطانیہ کو گیدڑ بھبکی۔۔۔ ایک پیسہ میں۔" یہ سن کر وہ بزرگ سبز پوش سر کو زور کے ساتھ گردش دے کر نعرہ گاتے "یا علی" اور پھر وہی "اللہ ہو، اللہ ہو۔" ادھر یہ ہنگامہ تو ادھر کھجلی کے مارے ہوئے کتے شامی کبابوں کی بو پا کر تھوتھنیاں اٹھا اٹھا کر ہوا میں سونگھا کرتے اور کبھی موقع پا کر کچھ نہ کچھ لے بھی اڑتے۔

کچھ دور جانے کے بعد مہگی پنواڑن کی دکان کے آگے رک گئے۔ مہگی کی عمر بتیس برس سے تجاوز کر چکی تھی۔ بدن کی بھاری، گورا رنگ، ناز و ادا کی کمی نہ تھی، بڑی بڑی آنکھوں میں بے تحاشہ کاجل، ہونٹوں پر مسی کی دھڑی۔ پان کا بیڑا بڑھاتی تو اپنی نشیلی اور کٹیلی آنکھیں پہلے تو گاہک کی آنکھوں سے لڑا دیتی، تب شرما کر اور مسکرا کر نظریں جھکا لیتی، اور پنڈلیوں کو دھوتی سے ڈھانپ کر اپنی چاندی کی پازیبوں پر نظریں گاڑ دیتی۔ میلے کچیلے چیتھڑے پہننے والے مزدور، ڈاکخانہ کے قریب بیٹھنے والے خطوط نویس، منشی یا ہوٹلوں کے گائڈ نشہ کی ترنگ میں آتے اور اسے دیکھ کر مچل جاتے۔ اپنی اندر دھنسی ہوئی مخمور آنکھوں سے اسے دیکھتے۔ کبھی اتنا کہنے کے لیے "ہائے ری آج تو گجب کا بناؤ سنگھار کر رکھا ہے" کبھی کسی کجری کا

بول از قسم،

گھر سے نکسی نند بھوجیا

جلم دونوں جوڑی رے، سانوریا

اور کبھی پان لیتے وقت اس کی ہتھیلی کو اپنی انگلی سے کھجا دینے کی تمنا میں ایک پیسہ کے پان اور ایک پیسے کی چار والی پری مارکہ سگریٹ خرید لیتے تھے۔ چچا کو دیکھتے ہی اس نے جھک کر سلام کیا، "ارے پنجابی بابو! کون دیس رہت ہو اَب۔"

"مہگی بس کیا پوچھو ہو، تم ہمن کو بھولت نا ہو۔" مہگی سر پر آنچل کھینچ کر سنبھل کر ہو بیٹھی اور پان لگاتے ہوئے کہنے لگی، "اور وہ ہمرے لیے تم چندری لان کو کہت رے۔" چچا سنی ان سنی کر کے اس کے لال لال گالوں کی طرف للچائی ہوئی نظروں سے تاکتے ہوئے بولے، "اب لاؤ۔ دیو گی بھی نہیں!" مہگی کچھ لجا گئی، اور ملامت آمیز نظروں سے چچا کی طرف دیکھنے لگی۔ اتنے میں اور گاہک بھی آ گئے۔ میں ذرا پیچھے ہٹ کر کھڑا ہو گیا۔

بائیں طرف برآمدے میں ایک بڑھیا کسی چالاک لومڑی کی طرح سب کو تاڑ رہی تھی، اس کے قریب ہی ٹاٹ پر ایک عورت بیٹھی تھی۔ جس میں سوائے اس کے کہ جوان تھی، اور کوئی خوبی نہ تھی۔ نوجوان عورت نے مجمع کے آدمیوں کو اپنی طرف چھپی نظروں سے دیکھتے ہوئے پایا تو جھٹ سے قمیص کے بٹن کھول، گریبان الٹ الٹ کر لالٹین کی روشنی میں کھٹمل پکڑنے لگی۔ اور گاہے ساڑی ہٹا کر اپنی ٹانگیں کھجانے لگتی۔ کچی اور سیاہ دیواروں پر پان کی پیک کے نشانات ایسے دکھائی دیتے تھے، جیسے بھوت ناچ رہے ہوں۔ کمرے کے اندر جاپانی عورتوں کی نیم

عریاں، پھٹی پرانی تصویریں نظر آ رہی تھیں۔ ایک طرف کھاٹ پر بستر بچھا ہوا تھا، اور اس کے پاس ہی فرش پر ایک مٹیالے رنگ کا اگالدان بھی پڑا تھا۔ ایک مردنے نوجوان عورت کے بازو کی چٹکی لیتے ہوئے کچھ پوچھا، بڑھیا نے تاریکی میں آگے جھک کر حلق میں سے آواز نکالتے ہوئے آہستہ سے کہا، "آٹھ آنے۔۔۔"

تاریک اور پیچ در پیچ گلیوں میں سے ہوتے ہوئے ہم چلے جا رہے تھے۔ کبھی کبھی کسی گلی کے نکڑ پر سرکاری لیمپ کی دھندلی روشنی میں صفا جنگ کی چمک اور میری گھیرے دار شلوار سے خائف ہو کر بچے گھروں میں گھس کواڑ بند کر لیتے تھے۔ کمہاروں کے محلے کے قریب پہنچ کر چچا گندے نالے کی طرف چل دیے۔ راستہ گھوڑوں اور گدھوں کی لید سے اٹا پڑا تھا۔ چھپروں والے ٹوٹے پھوٹے کچے مکانات تھے۔ کمہاروں کی بھاری بھرکم عورتیں کچے چبوتروں پر لیٹی، روتے ہوئے ننھے بچوں کو دودھ پلا کر چپ کرانے کی کوشش کر رہی تھیں۔

گندے نالے کے پل پر سے گزرتے ہوئے میں نے ناک پگڑی کے شملے سے ڈھانپ لی۔ اس کے بعد ہم بڑے تالاب کے کنارے کنارے چلنے لگے۔ یہاں شہر بھر کی گندگی جمع تھی۔ لوگ ٹٹی بھی یہیں پھرتے تھے۔ جب وہ اٹھ کر چلے جاتے تو بھنگیوں کے محلے سے سور آ کر منہ مارنے لگتے۔ کہیں کہیں کتے دم توڑتے نظر آتے تھے۔ کہیں کسی گدھے کا پنجر پڑا تھا اور کسی طرف گھوڑے کے جبڑے کے پاس کوئی گدھ مرا پڑا تھا۔ یہ کچا تالاب بہت بڑا تھا۔ اس کے اندر کئی انسانوں اور جانوروں کا پیشاب اور غلاظت جمع تھی۔ اس کا پانی بہت گاڑھا، ازحد بدبودار اور سیاہ رنگ کا تھا۔ چاند کی چاندنی اس کو اور بھی بھیانک بنا رہی تھی۔ اس کی سطح پر ابلے

ہوئے بلبلے اس طرح دکھائی دیتے تھے جیسے کسی شخص کے جسم پر آتشک کے زخم۔

یہاں سے گزر کر بہت دیر تک ہم دونوں چپ چاپ چلتے رہے۔ آخر کار چچا ایک ٹوٹے پھوٹے گھر کے آگے رکے اور آوازیں دینے لگے، "مجید! او مجیدے!" میں نے کہا، "چچا آپ نے فضول میں اتنا بڑا چکر لگایا، یہ گلی وہی نہیں جو اسٹیشن سے آنے والی سڑک سے جا ملتی ہے۔" چچا دیدے چمکا کر بولے، "ارے میاں! ادھر جاتے تو بھلا یہ سیر کیسے ہوتی، بس تم بھوندو ہی رہے۔۔۔ ہی ہی ادھر کیا رکھا تھا۔۔۔ ہی ہی۔۔۔ ارے او مجیدے او۔"

"ہجور گلام تو ایدھر کھڑا ہے۔"

میں نے گھوم کر دیکھا کہ ایک لمبا تڑنگا، چوڑے شانوں والا مرد جھکا فرشی سلام کر رہا ہے۔ باوجود سردی کے ایک میلا کچیلا تہمد کمر سے لپیٹے ہوئے تھا۔ اور جسم پر صرف ایک چادر۔ "آیئے آیئے آکا! اندر چلے آیئے۔" یہ کہہ کر اس نے ٹاٹ کا گلا سڑا پردہ اٹھایا اور ہم اندر داخل ہو گئے۔

"کران کسم (بہن کی گالی دے کر) سالوں نے جینا مسکل کر دیا ہے۔ یاہ پولس بھی بس کھدا کی پناہ ہے۔"

میں نے ادھر ادھر دیکھا۔ سامنے چھوٹے سے صحن کے کونے میں ایک پائخانہ، پاس ہی لکڑیوں کا انبار، گوبر سے لپی ہوئی کچی دیواروں پر اُپلے، ایک طرف کھٹملوں سے بھرپور ٹوٹی ہوئی کھاٹ، ادھر چولھے کے قریب مٹی کے تیل کی کپی، اس کی چھوٹی سی لو بے پناہ تاریکی سے جنگ کرنے کی ناکام کوشش کر رہی تھی۔ چولھے کے قریب ایک بڑھیا اینٹ پر بیٹھی ایک باسی روٹی توڑ توڑ کر کھا رہی تھی۔

ہاتھ میں پیاز اور فرش پر چٹنی کا پتہ۔ مجید چچا کو بتا رہا تھا کہ کیسے ان کے محلے میں کسی نے ایک ہندو پر لاٹھی چلا دی۔ جس سے اس کا سر تو بچ گیا، مگر ایک کان صاف اڑ گیا۔ اور کسی طرح وہ چیختا چلاتا محلہ کے نالے کی طرف بھاگا، اور پھرنا کے کے صحن میں بیہوش ہو کر گر پڑا تھا اور کیسے پولس اس کو (مجید کو) ناحق دو گھنٹہ سے کوتوالی میں بٹھائے دق کر رہی تھی، اور اب کہیں جا کر اس کی خلاصی ہوئی تھی۔ چچا یہ باتیں سن کر کچھ پریشان ہو گئے۔

مجید چولھے کی طرف گیا، پتہ میں سے انگلی پر چٹنی لگا کر چاٹی، اور چٹخارہ لے کر بولا، "کاہے کی ہے؟"

"پیاج کی۔"

پھر وہ چھت سے لٹکی ہوئی ہنڈیا میں ہاتھ ڈال کر ٹٹولنے لگا، "تنبا کو کہاں ہے؟" پوپلے منہ والی بڑھیا بولی، "بوتبے کے پیچھے۔" مجید حقہ پینے لگا۔ چچا کی جانب دیکھ کر بڑھیا کی طرف ابرو سے اشارہ کرتے ہوئے بولا، "ماں ہے میری۔" اتنے میں پردہ اٹھا۔ ایک کالے کلوٹے مرد نے اندر جھانک کر دیکھا، "کؤ مجید کھاں! پولیس میں کا ہوا؟" چچا اس کی صورت دیکھ کر گھبرائے، اس کا سر استرے سے منڈا ہوا، یہ موٹی گردن، ٹوٹے ہوئے کان، چوڑے نتھنے۔۔۔ چچا نے میرا ہاتھ دبایا۔

"بتلائیں گے۔" یہ کہہ کر مجید اٹھا اور اس کے پاس جا کر کانا پھوسی کرنے لگا، خیر وہ شخص تو چلا گیا اور مجید پھر آکر حقہ گڑگڑانے لگا۔ چچا نے پیشانی سے پسینہ پونچھا، کھانس کر گلا صاف کرتے ہوئے بولے، "اچھا بھئی مجید اب کچھ معاملہ کی بات ہونی چاہیے۔"

"ہاں ہاں۔" مجید نے سر گھما کر کہا۔ پھر بڑھیا کی طرف جھکا، "کیوں ماں! (آنکھ مار کر) پکھانے گئی کیا؟" بڑھیا نے دبی زبان میں کچھ جواب دیا۔

"دھت تری کی ماں! تو بھی عجب اول جلول ہے۔" اس نے حقہ رکھ دیا اور "ابھی آیا" کہہ کر جانے لگا۔ چچا گھبرا کر اٹھ کھڑے ہوئے۔ "مجید! ہم باہر سڑک پر کھڑے ہوتے ہیں، تم اسے ادھر ہی لے آنا۔"

"کسم اللہ پاک کی، پنجابی بابو جدھر حکم ہو لے آؤں۔"

"اچھا تو ہم سڑک پر کھڑے ہیں۔" یہ کہہ کر چچا بھاگم بھاگ سڑک پر آ کھڑے ہوئے اور اسٹیشن سے آنے والے یکوں کو دیکھنے لگے۔

چچا، مجید، ایک نوجوان لڑکی، بڑھیا اور میں، کل پانچ اشخاص ایک تواریخی باغ کی چار دیواری کے پاس کھڑے تھے۔ مجید نے کچھ طویل بیان شروع کر رکھا تھا، اور لڑکی کی طرف دیکھتے ہوئے چچا سے کہہ رہا تھا، "روج پو جا کرن جات رہی۔۔۔ میں نے سمجھایا، پگلی پوجا سے کا ملی؟ چل پنجابی سنگ سادی کرا دوں گا، بس پنجاب دیس جا، گہنا، کپڑا پہن، کھانا پینا مجا اڑانا۔۔۔ بس ایسی دھپل میں پھانس لایا ہوں، پنجابی سردار! لونڈیا کا ہے، ہیرا سمجھو۔۔۔ گریب ہیں کوئلوں میں رکھا۔۔۔ تمرے پاس جا کر چمک بڑھوا ہی کرے گی۔"

لڑکی کی عمر بمشکل تیرہ یا چودہ برس کی ہو گی۔ گندمی رنگ، ناک چوڑی، ہونٹ جیسے سنگترے کی پھانکیں، بڑی بڑی زرد آنکھیں، بال خشک بدبودار، ہاتھوں اور کلائیوں پر میل، دبلی پتلی، سہمی ہوئی کبوتری کی طرح ایک میلی سی پھولدار چادر اوڑھے کھڑی تھی۔ چچا لڑکی کو لے کر چند قدم آگے نیم کے ایک درخت کے نیچے

جا کھڑے ہوئے۔ تھوڑی دیر خاموشی طاری رہی، پھر چچا کی دبی دبی آواز آنے لگی، "۔۔۔ کیا نام ہے۔۔۔؟ بتاؤ نا۔۔۔! ارے بتاؤ۔۔۔ ہوں؟ کیا کہا؟ اچھا؟ اچھا۔۔۔ اچھا۔ واہ! خوب نام ہے۔۔۔ ہاں! ہاں! سردی لگتی ہے؟ ہاں لگتی ہو گی۔۔۔ بولو نا! تم تو کچھ بھی نہیں کہتیں۔۔۔ منہ کیوں چھپاتی ہو۔۔۔ ارے رے روتی ہو۔۔۔؟ اچھا جانے دو۔۔۔ روتی کیوں ہو۔۔۔ لو نہ سہی۔۔۔ او۔۔۔ اوہ۔۔۔ اوہو۔۔۔ ارے نہیں۔۔۔"

"تم کا کرت ہو، چھوٹے پنجابی؟" مجید نے مجھ سے مخاطب ہو کر پوچھا۔

"پڑھتا ہوں۔"

"پڑھت ہو۔۔۔؟ ہو ہو ہو۔۔۔ ہی ہی۔۔۔ بابو ہو جاؤ گے۔"

چچا اور لڑکی واپس آ گئے۔ مجید نے مجسم سوال بن کر چچا کی طرف دیکھا۔ چچا بولے، "ابھی جھینپتی ہے۔۔۔" مجید نے لڑکی کی ٹھوڑی اٹھا کر کہا، "ارے چھرماتی کیوں ہے، سونے کے کنگن ملیں گے۔۔۔ چندریا ملے گی۔۔۔" لڑکی نے زرد زرد آنکھوں سے مجید کی طرف دیکھا۔۔۔ اور پھر لمبی اور گہری سسکی بھر کر خاموش ہو گئی۔ بڑھیا اور لڑکی کو واپس گھر کی طرف روانہ کر دیا گیا، اور ہم تینوں تاڑی خانہ پہنچے۔ یہ چچا کے رسوخ کا کرشمہ تھا کہ ہمیں تین لوہے کی کرسیاں اور تین ٹانگ کی ایک میز مل گئی۔

تاڑی کی بو ہر چہار جانب پھیلی ہوئی تھی۔ سامنے جہاں دیوار پر ایک "گندی بیماریوں کا شرطیہ علاج" نمایاں حروف میں رقم تھا، ایک چاٹ والے کی دکان تھی۔ مزدور لوگ تاڑی کے نشہ میں مست، وہاں بینگن کے پکوڑے دہی ڈلوا ڈلوا کر کھا

رہے تھے۔ دیوار کے سایہ میں ایک گونگی بھکارن بیٹھی تھی۔ اس کی صورت مکروہ تھی۔ اور جسم پر ٹاٹ کے چیتھڑے لٹکے ہوئے تھے۔ جو کوئی شخص دہی آلو پتہ نالی کی طرف پھینکتا تو دبلے پتلے کتوں اور اس گونگی بھکارن کے درمیان پتہ حاصل کرنے کی کش مکش مزدور لوگوں پر مسرت کا سامان بہم پہنچاتی تھی، وہ خوش ہوتے تھے کہ دنیا میں کسی کی بے بضاعتی پر وہ ہنس سکتے ہیں۔ وہ حشیانہ انداز سے دانت نکال نکال کر قہقہے لگاتے اور اچھل اچھل کر اپنے چوتڑ پیٹتے تھے۔

مجید دو آبخوروں میں تاڑی اور ایک مٹی کی چینی میں بھنی ہوئی کلیجی لایا۔ تاڑی فروش نے ایک صراحی تاڑی سے بھر کر ہمارے سامنے رکھ دی۔ اب دونوں تاڑی پینے لگے۔ لالٹین کی دھندلی روشنی میں عجب عجب لوگ نظر آرہے تھے، نشہ میں چور واہی تباہی بک رہے تھے، کہیں ٹوٹے ہوئے آبخورے، کہیں کوئی چچوڑی ہوئی ہڈی پڑی تھی۔۔۔ اور کسی طرف کوئی کتا نشہ میں بے ہوش شرابی کا منہ چاٹ رہا تھا۔ چچانے دوبارہ آبخورہ بھر کر کہا، "لیکن اس کی ٹانگیں بہت پتلی ہیں۔۔۔ کمزور ہے بچاری۔۔۔"

"ابھی عمر ہی کا ہے۔"

بہت دیر تک دونوں میں کانا پھوسی ہوتی رہی۔ پھر مجید بلند آواز میں بول اٹھا، "ارے یابی حاجر۔۔۔ اور حکم کے گلام ہیں۔۔۔ وہ وہ مٹھائی کھلاؤں گا جو ایک باری یاد بھی کرو تم۔"

"مگر جو بات ہم نے کہی وہ بھولنا نہیں۔"

"ارے نہیں صاحب! جب کہو تبی ہو جائے جس۔۔۔ پھکر کا ہے۔"

اتنے میں ہم ایک شرابی کی طرف متوجہ ہوگئے۔ وہ چلا چلا کر کہہ رہا تھا، "ارے کوئی ہمری بھی سنو۔ دیکھو یہ لونڈا۔۔۔"

"اماں جاؤ۔" ایک اور بھاری بھرکم پہلوان نے اس کی پیٹھ پر دھول جما کر کہا۔۔۔ اس کی آنکھیں چڑھی ہوئی تھیں۔ وہ ہاتھ میں تاڑی سے لبریز آبخورہ لے کر اٹھا۔ لڑکھڑاتے ہوئے قدموں کے ساتھ۔۔۔ اس نے چھلکتا ہوا آبخورہ ہوا میں بلند کرتے ہوئے کہا، "میں دیب داس ہوں۔۔۔ دیب داس۔۔۔ (زور سے کھانس کر) دکھ کے۔۔۔ دکھ کے۔۔۔ ہا۔۔۔ ہا! دُکھ کے اب دن۔۔۔" اتنے میں نائی کا لونڈا پہلے شرابی سے ہاتھ چھڑا کر بھاگا۔۔۔ پہلوان نے زور کی لات اس شخص کے رسید کی۔ "ابے او۔۔۔ آ۔۔۔ ادھر آ۔۔۔ چلا آ۔۔۔ ہاں بیٹے۔۔۔ ہاں، توبہ کر۔۔۔ ہاتھ جوڑ۔۔۔ دعا مانگ۔ دیکھ جیسے میں مانگتا ہوں، "یا الاہی! دے لگائی۔۔۔ اور وَعَو عَو عَودو۔" معاً اس کا تہمد کھل کر زمین پر آ رہا، اس کے منہ سے قے کا پھوارہ نکل پڑا۔ اور اس کے استرے سے منڈی ہوئی ٹانگوں پر قے کا مینہ برس گیا۔

تین چار دن کے بعد۔۔۔ میں سینما دیکھنے کے بعد دس بجے کے قریب گھر جا رہا تھا، سوچا، چلو تھوڑی دیر چچا سے گپ رہے۔ چچا ایک بھوجنالیہ میں سب سے اوپر کی منزل پر ایک کمرہ میں رہتے تھے۔ اوپر پہنچا۔ مگر دروازے کے پاس جا کر میں ٹھٹھک گیا، اندر سے کچھ باتوں کی بھنک سنائی دے رہی تھی۔ میں نے چپکے سے دراز میں سے جھانکا، دیکھا کہ وہی لڑکی کھڑی تھی۔ چچا اس کے منہ پر ہاتھ رکھے ہوئے تھے، مجید نے آگے جھک کر کہا، "دیکھ بوت حرمجدگی کرے گی تو حلال کر کے پھیک دوں گا۔۔۔"

لڑکی نے انتہائی کرب کی حالت میں تڑپ کر خود کو آزاد کیا اور دروازے کی طرف لپکی۔ وہ چلانا چاہتی تھی مگر مارے دہشت کے اس کے منہ سے آواز نہ نکلتی تھی۔ چچا بڑے جوش وخروش کے ساتھ جھپٹے، انہوں نے اس کو دبوچا، اور پلنگ پر پٹخ دیا۔ تھوڑی دیر بعد لڑکی نے جدوجہد بند کر دی۔۔۔ مجید نہایت اطمینان کے ساتھ گورونانک صاحب کی تصویر کے پاس کھڑا بیڑی پی رہا تھا۔ اور تصویر کو احترام کی نظروں سے دیکھنے میں مگن تھا۔

دوسرے دن چھٹی تھی۔ میرا ارادہ تھا چل کر اسٹیشن کے بک اسٹال سے کوئی رسالہ وغیرہ خرید ا جائے۔ جب بھوجنالیہ کے قریب پہنچا تو دیکھا کہ چچا سیڑھیوں پر سے اتر رہے ہیں۔ مجھے اشارے سے بلایا اور پوچھنے لگے کہ بھائی اتنے دن کہاں رہے، دکھائی نہیں دیے۔ سیڑھیوں کے پاس ہی پنڈت جی کی دکان تھی۔ پنڈت جی پان بھی بناتے اور لسی بھی بیچتے تھے۔ چچا کو دیکھتے ہی انہوں نے دونوں ہاتھ (کہنیوں تک) جوڑ کر کہا، "جے واہگورو جی کی۔"

"کہیے پنڈت جی، چت پرسن ہے نا؟"

چچا اس وقت اکالیوں والی پگڑی باندھے تھے۔ کھدر کا لمبا کرتا، گلے میں پیلے رنگ کی صافی اور پھر کرپان۔۔۔

"سردار جی آج تو بہت دیر سے اترے۔" پنڈت جی نے سوال کیا۔ چچا نے نہایت متانت سے سر جھکا کر جواب دیا، "پنڈت جی! آج سکھ منی صاحب کا پاٹھ کرتے ہوئے دیر ہو گئی۔" اتنے میں کچھ اور لوگ بھی آ گئے، چچا اور پنڈت جی دونوں نے ایک بھکارن کو دھتکارا۔ پنڈت جی بولے، "ماپھ کر ماپھ کر۔۔۔ حرامجادی۔۔۔

نکھرے مت دکھا۔۔۔ بہت دیکھے۔" عورت ڈر کر پیچھے ہٹ گئی۔ پنڈت جی نے مونچھوں کو ہٹا کر گنگا جل کی لٹیا منہ سے لگالی، اور پھر لوگوں کی طرف مخاطب ہو کر بولے، "جب پھگانیوں نے بھارت ورش پر حملہ کیا تو یہی لوگ تھے جنہوں نے ان کا مکابلہ کیا، ابلاؤں کی رکشا کی، بہت پر اپکاری لوگ ہیں یہ۔"

چچا نے اپنے دبلے پتلے کمزور کاندھوں کو حرکت دی۔ اور پھر اپنی نو انچ تلوار کو سنبھالتے ہوئے بولے، "پیڑے ہیں پنڈت جی؟ دو گلاس لسّی۔۔۔"

"چچا میں تو لسّی پی کر آ رہا ہوں، مجھے اجازت دیجیے۔" میں نے کہا۔ اسٹیشن پر جا کر دیکھا تو اس قدر بھیڑ تھی کہ تل دھرنے کو جگہ نہ تھی۔ پلیٹ فارم تک پہنچنا ناممکن ہو گیا۔ لہٰذا باہر سے ہی تماشہ دیکھتا رہا، ایک شخص نے بلند آواز میں نعرہ لگایا، "بولو راشٹر پتی پنڈت جواہر لال کی جے!" ساری مخلوق نے گلا پھاڑ پھاڑ کر کہا، "راشٹر پتی جواہر لال کی جے! مہاتما گاندھی کی جے! بھارت ماتا کی جے!" اور جب جواہر لال جی بگھی پر آ کر بیٹھ گئے تو اتنے میں چچا ہاتھ میں گیندے کے پھولوں کا ہار لیے نمودار ہوئے۔ انہوں نے متعدد بار پرنام کرنے کے بعد ہار پنڈت جی کے گلے میں پہنا دیا۔

"مجید کھاں" بھی کھدر کا کرتا پہنے کانگرسی رضاکار کی حیثیت سے ادھر ادھر دوڑتا پھر رہا تھا۔ یکایک ہٹو، بچو، بڑھو، جے رام جی کی، رام رام، راشٹر پتی ہاں ہاں، نہیں نہیں کا شور بلند ہوا۔ اور جلوس شہر کی طرف روانہ ہو گیا۔ سب لوگ حب قومی کے جوش میں نہایت عقیدت مندانہ انداز سے گا رہے تھے،

جھنڈا اونچا رہے ہمارا

جھنڈا اونچا رہے ہمارا

جھنڈا۔۔۔

چچا کی آواز سب سے زیادہ بلند تھی۔

جب جلوس مجید کے محلہ کے پاس پہنچا تو سڑک کے کنارے بھیڑ میں مجھے وہی میلی کچیلی لڑکی دکھائی دی۔ وہ حیرت سے پھٹی پھٹی آنکھوں سے اِن جھنڈا اونچا رکھنے والوں کو دیکھ رہی تھی، وہی گرد آلود بال، سہمی ہوئی بے زبان صورت، زرد زرد آنکھیں۔ معاً گلی میں سے ایک کتا نکلا اور مجید کو دیکھ کر بے طرح بھونکنے گا۔ وہ بھاگ کر بھیڑ میں گھس گیا۔ ایک ہوا کے جھونکے سے اس کوچے کی خاک اڑی اور چچا کی چکنی داڑھی گرد سے اَٹ گئی۔

حاشیہ

(۱) ایک قسم کی کلہاڑی، سکھوں کا ایک ہتھیار

(۲) یہ ان کا بہت فرسودہ اور بے معنی بہانہ تھا

***

۳

گمراہ

صبح کے وقت میں حجامت بنا رہا تھا۔ سامنے بڑا سا آئینہ، ہاتھ میں سیفٹی ریزر اور چہرے پر صابن کا جھاگ۔ کون نہیں جانتا کہ ایسے موقع پر چہرہ کیسی کیسی صورتیں اختیار کرتا ہے۔ معاً میرے منہ کا دہانہ ایک مخصوص انداز سے کھلا تو میرا سیفٹی ریزر والا ہاتھ ساکت ہو گیا۔ اپنے منہ کا واشگاف دہانہ دیکھ کر کسی بات کی یاد تازہ ہو گئی۔ خدایا۔۔! کیا بات تھی وہ! چند لمحوں تک میرا دماغ عجیب الجھن میں پھنسا رہا۔ میرے منہ کے اس انداز سے کھلنے کا کسی واقعے سے تعلق تھا۔۔ وہ واقعہ کیا تھا؟

رفتہ رفتہ ذہن کے دھندلکے میں مجھے ایک اور کھلا ہوا منہ نظر آنے لگا۔ وہ چہرہ مجھ سے زیادہ عمر رسیدہ تھا۔ ناک پلپلی سی، باچھوں کے دونوں طرف جھاڑ جھنکاڑ کی طرح الجھی ہوئی زردی مائل سفید مونچھیں لٹک رہی تھیں۔ منہ کے اندر دانت حاضر کم اور غائب زیادہ تھے۔ یہ ماسٹر جانکی داس جی کا چہرہ تھا۔ پچھلی شام جب میں نے ان کا منہ اس انداز سے کھلا ہوا دیکھا، تو قصہ علی بابا میں چالیس چوروں کے غار کا نقشہ کھنچ گیا۔ میرے سامنے ان کا منہ اس انداز سے تیسری بار کھلا تھا۔

ماسٹر جانکی داس مجھ سے چھ سات برس بڑے ہوں گے۔ وہ کتابوں کا کیڑا تھا

اور میں فائلوں کا۔ عمر میں زیادہ تفاوت نہیں تھا، اور نہ میری زندگی مصائب اور پریشانیوں سے مبرا تھی۔ پھر بھی ان کا چہرہ کہیں زیادہ تکان زدہ اور بوڑھا دکھائی دیتا تھا۔ غالباً مالی حیثیت سے جانکی داس کے حالات مجھ سے زیادہ خراب تھے۔۔۔ لیکن یہ موضوع کبھی زیر بحث نہیں آیا۔ ایک محلے میں رہتے ہوئے بھی میں ان کے بارے میں اتنا ہی جانتا تھا کہ وہ رمیش کے کلاس ٹیچر تھے، اور وہ محض یہ جانتے تھے کہ میں ان کے اس شاگرد کا باپ تھا۔ ماسٹر جانکی داس نے پچھلی شام مجھے تیسری بار اطلاع دی کہ رمیش اسکول سے اکثر غیر حاضر رہتا تھا۔ مصروفیت کے سبب میں اس مسئلہ کی طرف توجہ نہیں دے سکا تھا۔ ماسٹر جی نے اسے میری غفلت سمجھا۔ چنانچہ تیسری بار یہ شکایت کرنے کے بعد آخر میں انہوں نے اپنا منہ اسی مخصوص انداز سے کھول کر گویا مجھے خبردار کیا، "جناب اگر یہی حالت رہے گی تو آپ کا لڑکا گمراہ ہو جائے گا۔"

انہوں نے 'گم' اور 'راہ' پر الگ الگ زور دیا۔ یہ فقرہ کہتے وقت ان کے چہرے پر انتہائی اذیت کے آثار نمایاں ہو گئے۔ بات ادا ہو جانے کے بعد بھی ان کا منہ جوں کا توں کھلا رہا۔ مجھے محسوس ہوا کہ جب تک مجھے آنے والے المیہ کا پوری شدت سے احساس نہ ہو جائے تب تک ماسٹر جی اپنے کھلے ہوئے منہ کو بند نہیں کریں گے۔ لیکن مجھے ان کی شکل مضحکہ خیز سی لگی۔۔۔ یہی محسوس ہوا کہ مسئلہ کی نوعیت اتنی خطرناک اور اہم نہیں تھی جتنی کہ وہ اپنی صورت سے ظاہر کرنے کی کوشش کر رہے تھے۔ کل شام، اور آج پھر مجھے محسوس ہوا کہ لفظ "گم راہ" کس قدر بھاری بھر کم تھا۔۔۔ یہی بات میں نے اپنی بیوی سے کہی۔ اس نے مجھ سے اتفاق نہیں کیا۔ اس

کا خیال تھا کہ ماسٹر جی کی شکایت بجا تھی، لفظ 'گمراہ' کا استعمال بھی مناسب تھا، نیز مجھے جلد از جلد اس پر توجہ دینی چاہیے۔

آئینہ میں اپنی صورت کو خود میں نے ڈانٹتے ہوئے کہا، "ابے گدھے کہیں کے! سوال یہ نہیں تھا کہ لفظ گمراہ ضرورت سے زیادہ بھاری بھر کم تھا یا نہیں، بلکہ سوال لڑکے کے مستقبل کا تھا۔ اولاد کی غلط روی کا خمیازہ والدین کو بھی بھگتنا پڑتا ہے۔" شیو کے بعد نہاتے وقت میں نے تہیہ کر لیا کہ اس بات کی کھوج کروں گا کہ رمیش اسکول کے بجائے کہاں جاتا ہے۔ ناشتے کے بعد میں دفتر کو چلا تو اتفاق سے رمیش کتابوں کا بیگ کندھے پر لٹکائے جاتا نظر آیا۔ کچھ دور تک ہم اسی طرح آگے پیچھے چلتے رہے۔ پھر اسکول کی طرف جانے کے بجائے وہ ایک دوسری سڑک پر ہو لیا۔

سنی سنائی باتوں سے میں زیادہ متاثر نہیں ہوا، لیکن اپنی آنکھوں سے صاحب زادے کی یہ حرکت دیکھ کر میں طیش میں آگیا۔ چنانچہ میں بھی دفتر کا راستہ ترک کر کے اس کے پیچھے پیچھے ہو لیا۔ سڑک سے ہٹ کر شیشم کے اونچے اونچے پیڑوں کے نیچے بازی گر کرتب دکھا رہے تھے۔ لمبے لمبے بانسوں کی دو قینچیوں کے درمیان ایک دبیز رسہ تنا ہوا تھا۔ بائیں سرے پر کالے رنگ کی ایک عورت مہاراشٹری ڈھنگ سے ساڑی پہنے کھڑی تھی۔ اس کے دبلے پتلے چہرے کے مقابلے میں اس کا جسم زیادہ بھرا بھرا دکھائی دے رہا تھا۔ سڈول پنڈلیاں دمک رہی تھیں۔ اس نے ایک بڑا سا تھال رسے پر ٹکایا اور اس میں دونوں پاؤں جما کر کھڑی ہو گئی۔ ہاتھوں میں لمبا سا بانس تھام لیا۔

توازن قائم رکھتے ہوئے اس نے اچھل اچھل کر تھال سمیت آگے بڑھنا شروع کیا۔ تماشائی دم بخود کھڑے تھے۔ ایک بازی گر نیچے کھڑا زور زور سے تالی بجا رہا تھا۔ رفتہ رفتہ وہ عورت رسہ پار کر کے دوسرے سرے پر پہنچ گئی۔ فضا تالیوں سے گونج اٹھی۔ لمحہ بھر کے لئے میری توجہ رمیش سے ہٹ گئی۔ گھڑی پر نظر ڈالی، دس بجنے میں آٹھ منٹ باقی تھے۔ سوچا، اب رمیش کو کان سے پکڑ کر اسکول کو جانے والے راستے پر ڈال دوں۔ نگاہ اٹھائی تو رمیش اپنی جگہ موجود نہیں تھا۔۔۔ کیا اس نے مجھے دیکھ لیا تھا؟

نہیں۔۔۔! وہ چالیس پچاس قدم کے فاصلے پر بڑے اطمینان سے چلا جا رہا تھا۔ اگر اسے میری موجودگی کا علم ہوتا تو اس قدر بے پروائی سے مٹر گشت کرتا ہوا نہ چلتا۔ پہلے آواز دینے کی سوچی، پھر یہ ارادہ ترک کر دیا، کہ شاید وہ کسی دوسرے راستے سے اسکول کو رخ پھیر لے گا۔ میرا اندازہ غلط نکلا، وہ شہر کے باہر کی جانب جا رہا تھا۔ ہمارے شہر کے باہر کوٹھیوں اور بنگلوں والا علاقہ بڑا پر فضا تھا۔ ان سے پرے سرسبز و شاداب پہاڑیاں نظر آتی تھیں۔ ان پہاڑیوں سے بھی آگے اونچے اونچے پہاڑوں کی برف پوش چوٹیاں، نیلگوں غبار میں تیرتی ہوئی سی لگتی تھیں۔ زیادہ تر بنگلوں کے چاروں طرف ہری بھری باڑیں موجود تھیں۔ ان کے اندر لیچی اور آموں کے پیڑ، نیز رنگ برنگے پھول کی کیاریاں نظر آتی تھیں۔

رمیش ان تنگ لیکن صاف ستھری پکی سڑکوں پر بڑھتا جا رہا تھا۔ اب ساڑھے دس بجنے کو تھے۔ میں بھی دفتر نہ پہنچ سکا۔ بیٹے کا اس طرح مٹر گشت کرنا مجھے بڑا پر اسرار سا لگ رہا تھا۔ میں مشہور جاسوس جیمز بانڈ (۰۰۷) کی طرح قدم ناپتا ہوا

اس کا پیچھا کر رہا تھا۔ لیکن میں جاننا چاہتا تھا کہ وہ کیا کرتا ہے، کس سے ملتا ہے، کہاں ہے اس کی منزل؟ وہ لال پیلی دھاریوں والی قمیص پہنے ہوئے تھا، پاؤں میں بے ڈول بوٹ اور ان میں سے بھورے رنگ کے چھوٹے چھوٹے موزے باہر کو جھانک رہے تھے۔ اس کی عمر بارہ تیرہ برس کی تھی۔ نیکر کے مختصر پائینچوں میں سے اس کی دبی رانیں، نیچے موٹے گھٹنے اور پتلی سی پنڈلیاں نظر آ رہی تھیں۔ در اصل اس کا بدن بالکل ہڈیوں کا ڈھانچہ نہیں تھا، البتہ اس کی ہڈیاں موٹی اور قد لمبا ہوتا جا رہا تھا۔ اس کے کندھے پھیلے ہوئے اور ریڑھ کی ہڈی سیدھی تھی۔ سر کے جھبے سے بال پھولے پھولے تھے۔ شاید ہوا بالوں میں داخل ہو کر انہیں غبارے کی طرح پھلا رہی تھی۔

اس نے ایک بار بھی پیچھے کی طرف مڑ کر نہیں دیکھا۔ وہ سیٹی بجاتا، کچھ بل کھاتا اور لہراتا ہوا بڑھا جا رہا تھا، کبھی کہیں رک کر پیڑوں پر بیٹھے بندروں اور پرندوں کو دیکھنے لگتا اور پھر کسی پتھر کو بوٹ کی ٹھوکر مار کر آگے بڑھ جاتا۔ سور کا بچہ! بھلا وہ کیا جانے کہ اس کے یہ بوٹ خریدنے کے لیے اس کے باپ کو صبح سے شام تک دفتر میں فائلوں سے کتنا ماتھا پھوڑنا پڑتا ہے۔

پیڑوں کے نیچے نرم و نازک گھاس پر اب بھی شبنم کی ننھی ننھی بوندیں چمک رہی تھیں۔ دور سے برساتی ندی کا خوب چوڑا پاٹ نظر آنے لگا تھا۔ ندی کے اس پار چائے کے باغات اور چیڑ کے جنگل تھے۔ آسمان پر بدلیاں جمع ہو رہی تھیں۔ یوں لگتا تھا جیسے نیلے پیلے، سبز، گلابی، اودے اور نہ جانے کیسے کیسے رنگ کے لباسوں میں ملبوس پریوں کا میلا لگنے والا تھا۔ یگ بیت گئے۔ میں بھی کبھی لڑکپن میں ادھر

مٹر گشت کے لیے آیا کرتا تھا۔ آگے سپیروں کا ڈیرہ لگا ہوا تھا، ان کے پھٹے پرانے خیموں کے آس پاس ان گنت کپڑے جو دھلنے کے بعد اور بھی غلیظ لگ رہے تھے، سوکھنے کے لیے یا تو گھاس پر بچھا دیے گئے تھے یا جھونپڑیوں پر لٹکا دیے گئے تھے۔ روکھے سوکھے بالوں اور لٹکی لٹکی مونچھوں والے سپیرے بے دلی سے ادھر ادھر پھر رہے تھے۔

رمیش ان کے ڈیرے کے قریب پہنچا تو پانچ چھ کتے بڑے زور شور سے بھونکتے ہوئے اس کی طرف لپکے۔ میں ڈرا کہ کہیں اس کی ٹانگیں نہ نوچ ڈالیں۔ مگر نزدیک پہنچتے ہی کتے چپ ہوگئے اور دمیں ہلانے لگے۔ اس کا مطلب تھا کہ وہ حضرت سے مانوس تھے۔ سپیروں کے لڑکے بالے دوڑتے ہوئے آئے اور اسے حلقے میں لے لیا۔ میں پرے پیڑ کی اوٹ سے یہ تماشا دیکھتا رہا۔ نہ جانے بچوں کے مابین کیا باتیں ہوتی ہیں۔ پھر دیکھتا کیا ہوں کہ ایک لڑکے نے چار پانچ سانپ رمیش کے گلے میں ڈال دیے۔ میرا کلیجہ دھک سے ہو کر رہ گیا۔ بے اختیاری کے عالم میں ایک قدم آگے بڑھ گیا۔ لیکن بیٹے کو اطمینان سے ہنستے دیکھ کر میں پھر پیڑ کی اوٹ میں ہو گیا۔ دل زور زور سے دھڑکتا رہا۔ آخر سانپوں کا کیا بھروسا! رفتہ رفتہ سانپ اس کے گلے سے سرک کر بدن پر آگئے۔ اور پھر بل کھا کر نیچے گھاس پر لہرانے لگا۔

دس پندرہ منٹ اسی قسم کی چہلوں کے بعد رمیش۔۔۔ رمتا جوگی آگے نہر کی طرف بڑھ گیا۔ چھوٹی سی نہر تھی، بہ مشکل چار ساڑھے چار فٹ چوڑی اور ڈیڑھ فٹ گہری۔ دونوں کناروں پر تنگ پٹریاں۔ پانی کی چادر کے ساتھ ساتھ ایک انگل سے بالشت بھر اونچی گھاس کا گویا جنگل سا کھڑا تھا، جس میں پیپر منٹ اور برہمی بوٹی کے

پودے بھی موجود تھے۔ یہ نہر برساتی ندی کے اس پارے سے پل بناتی ہوئی ادھر پہنچتی ہے، پہلے سات فٹ اونچی جھال کی شکل میں نیچے گرتی اور پھر مدھر گیت کی لے کی طرح سنبھل سنبھل کر بہہ نکلی۔

اس وقت چند بنگالی اور گوانی کچھ کچھ فاصلے پر کیکڑوں کی تاک میں نہر کے کنارے بیٹھے تھے۔ ہاتھ میں لمبی مضبوط چھڑی جس کے ساتھ بندھی ڈوری کا دوسرا سرا کینچوے کا چارہ سنبھالے پانی میں ڈوبا ہوا۔ کبھی کبھی غڑاپ کی آواز سنائی دیتی۔ چھڑی ایک جھٹکے کے ساتھ پیچھے کو ہٹتی، ڈوری چابک کی طرح جھٹکا کھاتی، اور ایک کیکڑا باہر آگرتا۔۔۔ گرتے ہی وہ پانی کی طرف بھاگتا لیکن شکاری لکڑی سے اس کی ٹانگیں توڑ تاڑ کر اسے تھیلے میں ڈال لیتا۔

رمیش پٹڑی پر بیٹھا یہ تماشا دیکھ رہا تھا۔ اس کے چہرے سے ظاہر ہوتا تھا کہ وہ سمجھ نہیں پا رہا تھا کہ کیکڑے کیوں کر باہر آکر گرتے تھے۔ تاہم وہ اس قدر مگن تھا کہ اسے میرے قریب پہنچ جانے کی خبر تک نہیں ہوئی۔۔۔ شہر سے دور، گھر کی گہما گہمی سے الگ تھلگ پرسکون مقام پر مجھے رمیش یکسر اجنبی سا نظر آرہا تھا۔ اس کی کچھ بے ڈول اور نکلتی ہوئی سی ٹانگیں، گول مٹول ہاتھ، سانولی لیکن انگور کی طرح شاداب گردن اور زعفرانی رنگ کے نرم نرم بال۔۔۔ معاً میرے دل نے زبان خاموشی میں پکار کر پوچھا، "تم کون ہو؟"

اس کی بڑی بڑی آنکھوں میں کتنا تجسس تھا! وہ وہاں کی ہر چیز سے کس قدر ہم آہنگ تھا۔ ایک میں تھا جو برسوں سے اپنے آپ کو دنیا کی ہر شے سے اکھڑا اکھڑا سا محسوس کر رہا تھا۔ زندگی جدوجہد کا نام ہے، کسی بزرگ نے نصیحت کی تھی۔۔۔ اور

میں دنیا سے لڑتے لڑتے آخر کار اس سے بے گانہ ہو کر رہ گیا۔ لیکن اس لڑکے نے ان چیزوں سے، اس فضا سے، اس گھاس پھوس سے دوستی قائم کی تھی۔ وہ ان سے پیار کرتا تھا اور یہ اس کو چاہتے تھے، اپناتے تھے۔

معاً۔۔۔ رمیش کی نظر مجھ پر پڑی۔ مجھ سے آنکھیں چار ہوتے ہی اس کا چہرہ اتر گیا۔ منہ پر دہشت کے ساتھ ساتھ عجیب سی مردنی چھا گئی۔ اس کی یہ حالت دیکھ کر خود میں بھی ڈر گیا۔۔۔ کیا میں اس قدر بھیانک تھا؟ رمیش کو اور کچھ نہیں سوجھا تو اس نے یونہی ہاتھ پھیلا کر کہا، "پپا، یہ لوگ کیکڑے پکڑ رہے ہیں۔" دراصل خود اسے اس بات کا کچھ احساس نہیں تھا کہ وہ کیا اور کیوں کہہ رہا تھا۔ میں بھی پسر کر اس کے پہلو میں بیٹھ گیا، اور سوال کیا، "جانتے ہو کہ کیکڑے ان کے ہاتھ لگتے کس طرح ہیں؟" اس کی موٹی موٹی آنکھیں تجسس کی وجہ سے اور بھی بڑی ہو گئیں۔ میں تفصیل سے اسے شکار کے رموز سمجھاتا رہا۔

اس کے اسکول کا ذکر ہوا نہ میرے دفتر کا۔ نہ میں نے اس سے پوچھا کہ وہ وہاں کیوں چلا آیا تھا، اور نہ اسے اس بات کی پریشانی رہی کہ میں وہاں کیسے پہنچ گیا تھا۔ چند منٹ میں اس کا سارا خوف دور ہو گیا۔ ہم دو دوستوں کی طرح بے تکلفی سے ادھر ادھر کی ہانکنے لگے۔ اس کا جی بھر گیا تو وہ اٹھ کھڑا ہوا اور ندی کی طرف ہاتھ پھیلا کر بولا، "آؤ پپا اس پار چلیں۔" میں فوراً اس پر آمادہ ہو گیا۔

میلوں دور اونچے اونچے پہاڑوں پر خوب بارش ہو چکی تھی، تاہم ندی بھر نہیں سکی۔ جابجا مٹیالے پانی کے چوڑے چوڑے خطوط دکھائی دے رہے تھے۔ کنارے پر پہنچے تو وہ اپنے بوٹوں کے تسمے کھولنے لگا۔ میں نے اسے روک کر کہا، "نہیں بیٹے!

پاؤں اور ٹانگیں بھیگ جانے سے تمہیں زکام ہو جائے گا۔" کم سے کم میرے دل میں یہی ڈر بیٹھا ہوا تھا۔ مجھے اپنے پمپ شو اتارنے میں دیر نہیں لگی، میں نے اس کو اپنی پیٹھ پر بٹھالیا، اس کی دونوں ٹانگوں کو بازوؤں میں سمیٹ لیا۔ اس نے میرے پمپ شو ہاتھوں میں لے کر باہیں میرے گلے میں ڈال دیں۔ اس طرح میں اپنے شو کے چمڑے کی بو سونگھتا ہوا ندی پار کرنے لگا۔

اس کی جھجک بالکل دور ہو چکی تھی، وہ طوطے کی طرح بولے جا رہا تھا، "پپا! ندی کے اس پار ایک بوڑھا لکڑہارا رہتا ہے۔ وہ سارا دن کلہاڑے سے لکڑیاں پھاڑتا رہتا ہے۔۔۔پپا! وہاں ایک سوامی جی بھی ہیں۔۔۔ جٹا دھاری، اور پپا! چائے کے باغ کے پاس سکھوں کا گوردوارہ ہے، جہاں حلوہ کھانے کو ملتا ہے، کڑاہ پرشاد کہتے ہیں اسے۔۔۔" ندی پار لکڑہارا تو دکھائی نہیں دیا، البتہ سوامی جی موجود تھے۔ ان کی آنکھوں میں نور تھا۔ جسے دیکھ کر دل کو سرور ملتا تھا۔ ہم دونوں کو ایک ساتھ دیکھ کر انہوں نے پوچھا، "یہ آپ کا بیٹا ہے؟"

"جی، سوامی جی۔"

"بڑا سیانا اور بھولا لڑکا ہے، بڑا ہو کر آپ کا نام روشن کرے گا۔" ان کی اس رسمی بات پر مجھے بے حد خوشی ہوئی اور اسکول سے بھاگے ہوئے بیٹے پر فخر سا محسوس ہونے لگا۔ گوردوارے سے آتے ہوئے داڑھیوں والے سکھوں کو دیکھ کر یوں لگا جیسے دور دراز ہمالہ کی گپھاؤں میں سے سادھو اور مہاتما قمیصیں اور پتلونیں پہن کر اچانک ہمارے سنسار میں آ گئے ہیں۔

اب ہم چائے کے باغوں میں پہنچ چکے تھے۔ بیچوں بیچ گہرائی میں وہی ندی

سوئی سوئی سی بہہ رہی تھی۔ دائیں بائیں چائے کے بے شمار پودے تھے۔ کہیں کہیں چیڑ، دیودار اور سفیدے کے پیڑ بھی نظر آرہے تھے۔ لمبی لمبی ٹوکریاں پیٹھ پر ٹکائے پہاڑی لڑکیاں چائے کی پتیاں توڑ رہی تھیں۔ ان کے کانوں سے چاندی کی خوب بڑی بری بالیاں لٹک رہی تھیں، ناک میں پھولدار کیلیں چمک رہی تھیں۔ وہ لڑکیاں بھی رمیش سے مانوس تھیں۔ جو بھی اسے دیکھتی مسکرا دیتی۔

ہمیں چھوٹے چھوٹے برساتی نالوں سے بھی گزرنا پڑا۔ باغ ختم ہوئے تو کھیت شروع ہوگئے۔ وہی نہر ان کھیتوں میں سے ہوکر گزر رہی تھی۔ کہیں کہیں جھونپڑے بھی بکھرے ہوئے تھے، انہیں میں سے ایک جھونپڑے میں رہنے والی تیس پینتیس سالہ کسان عورت رمیش کو دیکھ کر ہنس دی، "بہت دنوں بعد آئے۔" رمیش نے لاڈ سے میرے گلے میں باہیں ڈال کر کہا، "آج پپا بھی میرے ساتھ ہیں۔"

عورت لجاگئی۔ شاید وہ سمجھی کہ میں بہ طور خاص اسے دیکھنے کے لیے آیا تھا۔ میں نے اس کا اضطراب دور کرنے کے لیے ادھر ادھر کی باتیں شروع کردیں۔ رمیش کی یہ سیدھی سادی موسی، ہمیں کچھ کھلانے پلانے پر مصر ہوئی تو میں بڑی مشکل سے معذرت کرکے آگے بڑھ گیا۔ آدھ میل آگے جاکر ہم نے وہ دوپرا اٹھے کھائے جو رمیش اسکول کو لے جایا کرتا تھا۔

رمیش راستے بھر اپنے قصے سناتا رہا۔ یہاں تک کہ ہم دیناپور کے قصبے میں پہنچ گئے۔ یہاں سے شہر کو جانے والی بسیں مل جایا کرتی تھیں۔ چار بج چکے تھے، آسمان پر چھائی گھٹا یکایک برس پڑی۔ ہم نے قصبہ کی ایک دکان میں پناہ لی۔ بھوک پھر

چمک آئی تھی۔ دکان سے بھنے چنے اور اندرکھی (چٹپاگڑ) کھا کر پیٹ کی بھوک کچھ کم کی۔ گرم گرم چائے کے دو پیالے لے کر ہم چسکیاں بھرنے لگے۔ میں نے سگریٹ منہ میں دبایا، اسے ماچس دکھا کر دھواں اڑاتے ہوئے بولا، "بیٹا! میں سگریٹ پیتا ہوں لیکن یہ بری عادت ہے۔" رمیش بولا، "ہاں پپا! اچھے آدمی سگریٹ نہیں پیتے۔"

یہ کہتے ہی اسے اپنی غلطی کا احساس ہو گیا، فوراً ترمیم کر کے بولا، "پپا! اچھے لڑکے سگریٹ نہیں پیتے۔" اس کی بر محل ترمیم پر میں نے مسکرا کر ہاتھ بڑھایا اور اس کے نرم گھنے بالوں میں انگلیاں الجھادیں۔ سارا دن رمیش کو اسکول سے نہ بھاگنے کی نصیحت کرنے کی سوچتا رہا، لیکن ایسا کرنے کو جی نہیں چاہا۔ آخر طے کیا کہ پھر کبھی سہی۔

تیز بارش میں بھیگتی ہوئی کچھ جوان جہاں دیہاتی لڑکیاں بارہ سنگھوں کی طرح قلانچیں بھرتی ہوئی ادھر سے گزریں۔ مجھ پر نظر پڑی تو رخ پھیر لیا۔ میں بدمزہ نہیں ہوا، کیونکہ وہ میرے معصوم بیٹے کو دزدیدہ نگاہوں سے دیکھ دیکھ کر مسکراتی رہیں۔ بالآخر پانی تھم گیا، ہم اڈے پر پہنچے اور ٹکٹ کٹا کر بس میں پہنچ گئے۔ شہر میں پہنچے تو بادلوں کی وجہ سے پیش از وقت اندھیرا گہرا ہو گیا۔ سڑکیں اور ہمارے محلے کی گلیاں بھی بھیگی بھیگی تھیں۔ گھر پر پہنچے تو دیکھا میری بیوی دروازے پر پریشانی کے عالم میں کھڑی تھی۔ رمیش آگے آگے تھا۔ ماں کی نظر اپنے بیٹے پر پڑی تو چلا کر بولی، "ارے کہاں تھا اب تک، میں نے سارا محلہ چھان مارا۔۔۔"

رمیش ماں کی ڈانٹ سن کر پلٹا اور میری اوٹ میں ہو گیا۔ میں نے بیوی سے

کہا، "اسے کیا کہتی ہو، یہ میرے ساتھ تھا سارا دن۔" وہ آنکھیں نکال کر بولی، "اوہو! پہلے تو بیٹا ہی بھاگا کرتا تھا، اب آپ بھی دفتر سے بھاگنے لگے؟"

محلے کے بابو گوپی ناتھ میرے ہی دفتر میں کام کرتے تھے، انہیں کی زبانی میری غیر حاضری کا پتہ چل گیا ہوگا۔ ہم، باپ بیٹا، بیٹھک میں چلے گئے، باہر صحن میں بیوی کچھ دیر تک چلاتی رہی۔ اس کا غصہ بھی بے جا نہیں تھا، آج باپ بیٹا دونوں ہی سارا دن غائب رہے۔ سہما ہوا رمیش میری گود میں بیٹھا رہا۔ لیکن اس انداز سے جیسے وہ مجھے اپنی گود میں لے لینا چاہتا ہو۔ وہ اس بات کو شدت سے محسوس کر رہا تھا کہ اسی کی وجہ سے مجھے بھی ڈانٹ پڑ رہی تھی۔ نہ جانے کتنے طویل عرصے کے بعد وہ میری گود میں بیٹھا مجھے بڑی عجیب نظروں سے دیکھ رہا تھا۔ شاید میرے من کے اندر سوئے ہوئے بچپن کے جاگ جانے سے اس کے اندر خوابیدہ پدرانہ شفقت جاگ اٹھی تھی! اسے اور کچھ نہیں سوجھا تو اپنی پتلی پتلی باہیں میرے گلے میں ڈال کر مجھ سے لپٹ گیا اور پھر چند لمحوں کے بعد ذرا پیچھے ہٹ کر بولا، "پپا! میں آپ کے کمرے میں بیٹھ کر پڑھا کروں گا۔۔۔ ٹھیک ہے نا؟"

کئی مہینے گزر گئے۔ اب وہ باقاعدہ اسکول جانے لگا تھا۔ اسکول سے غیر حاضر رہنے پر اسے ماسٹر جی اور اس کی ماں نے کئی بار ڈانٹا تھا، اس پر اثر نہ ہوا۔ لیکن جب اس کی وجہ سے مجھے بھی ڈانٹ پڑی تو وہ بہت متاثر ہوا۔۔۔ اس روز سے وہ ہر رات میرے کمرے میں پڑھتا ہے۔ ماسٹر جی خوش ہیں، اس کی ماں خوش ہے، اور میں۔۔۔ پہلے پہل مجھے بھی گہری مسرت کا احساس ہوا تھا، کیونکہ میری ڈانٹ کے بغیر وہ درست ہو گیا تھا۔۔۔ لیکن رفتہ رفتہ۔۔۔

رات کے نو بجے ہیں، بارش ہو رہی ہے۔ کبھی کبھی کھڑکی میں سے بجلی چمکتی دکھائی دے جاتی ہے۔ رمیش مطالعہ میں محو ہے۔ اس کی ماں اطمینان سے بنائی کا کچھ کام کر رہی ہے۔ البتہ میں متردد ہوں۔ میرا جی چاہتا ہے کہ ایک بار پھر رمیش اسکول سے اور میں دفتر سے بھاگ کر ساری دنیا کو ٹھینگا دکھا کر، اسی دن کی طرح آوارہ گردی کریں۔۔۔ یہ بات اس سے کہہ نہیں سکتا۔ دل کی گھٹن بڑھتی جا رہی ہے۔۔۔ پہلے وہ گمراہ تھا، اب میں گمراہ ہو رہا ہوں۔

سوچتا ہوں کہ میرا بیٹا صبح کے اجالے میں راہ راست بھول گیا تھا، اس لیے لوٹ آیا۔۔۔ جو رات کے اندھیرے میں راستہ بھول جائے وہ کیسے لوٹ سکے گا؟ نہیں، میں کبھی واپس نہیں لوٹ سکوں گا۔ میں ہمیشہ گمراہ رہوں گا۔

***

۴

ہندوستاں ہمارا

ہم بلبلیں ہیں اس کی یہ گلستاں ہمارا

اقبال

جگجیت سنگھ اپنی بیوی کی تلاش میں تھا۔ بھلا اتنے بڑے جوڑ میلے میں ایک عورت کو ڈھونڈ نکالنا بھی کوئی آسان کام تھا۔ سکھوں کا جوڑ میلہ ایک برس میں ایک ہی مرتبہ لگتا تھا۔ گورو ارجن دیوجی مہاراج کی یاد میں بڑے بڑے دیوان لگتے۔ پنجاب کے دور افتادہ مقامات سے پریمی سکھ جوق در جوق آتے۔ دو دن تو اس جگہ تل پھینکنے کو جگہ نہ ملتی تھی۔ مرد، عورتیں، بچے، بوڑھے سبھی جمع ہوتے تھے۔ اتنی بھیڑ میں بھلا جگجیت سنگھ کی بیوی کا کیا پتہ چل سکتا تھا۔

لیکن وہ بیوی کو ڈھونڈے بغیر واپس نہ جا سکتا تھا۔ وہ کچھ عرصہ تک برما کے محاذ پر جانے والا تھا۔ اس نے بمشکل دو ہفتے کی چھٹی حاصل کی تھی۔ وہ چاہتا تھا کہ ان چھٹیوں میں وہ اپنی بیوی کو ہمراہ لے کر شملے چلا جائے۔ اس کی بیوی کی خواہش تھی کہ وہ کسی پہاڑی مقام کی سیر کرے۔ ہز میجسٹی کی فوج کا لفٹننٹ ہونے کی حیثیت سے نہ معلوم کتنے عرصے تک اسے اپنی قوم اور ملک کی خدمت کرنی پڑے۔

ہندوستان کی خاک پاک کو لالچی اور خونخوار دشمنوں سے بچانے کے لیے نیز ہندوستان کی آزادی بر قرار رکھنے کے لیے نہ معلوم کب تک اسے شمشیر بکف رہنا پڑے۔ ان حالات میں اس نے مناسب سمجھا کہ چند روز اپنی بیوی کی صحبت میں کسی پر فضا مقام پر گزارے۔

وہ آج ہی گھر پہنچا تھا لیکن بیوی موجود نہ تھی۔ صرف ماں بیٹھی چرخہ کات رہی تھی۔ گھر پہنچتے ہی اس نے ادھر ادھر دیکھنا شروع کیا۔ وہ منہ سے کچھ کہنے سے شرماتا تھا۔ شادی کو زیادہ عرصہ نہیں ہوا تھا۔ ماں بھانپ گئی۔ سوت کے ساتھ نئی پونی لگا کر بولی، "لڑکیاں جوڑ میلے پر گئی ہیں۔ میرا بھی جی چاہتا تھا لیکن میلے کے دنوں میں گھر اکیلا چھوڑ کر جانا مناسب نہیں، اس لیے میں نے آج انہیں بھیج دیا۔ کل میں خود جاؤں گی۔" پھر ماں نے بلائیں لے کر کہا، "اچھا اب نہا دھو کر کچھ کھا پی لو۔"

"لیکن وہ کب آئیں گی ماں؟" ماں ہنسنے لگی۔ "چھوکریاں ہیں کون کہہ سکتا ہے کب آئیں۔ مجھے امید ہے کہ وہ شام سے پہلے نہیں آئیں گی۔ آج دوپہر کا کھانا بھی وہ لنگر ہی سے کھائیں گی۔" جگجیت سنگھ عجلت میں تھا۔ اس نے ماں کو اپنا سارا پروگرام بتایا۔ ماں کہنے لگی اب وہ تیرے ساتھ پہاڑ پر نہیں جاسکتی۔

"نہیں جاسکتی۔۔۔؟ کیوں؟"

"احمق!" اس کی ماں پر معنی انداز میں ہنسنے لگی، "کہہ جو دیا وہ نہیں جاسکتی۔"

وہ کچھ نہ سمجھا۔ لیکن وہ بلا کچھ کھائے پیے بیوی کی تلاش میں نکل کھڑا ہوا۔

شادی ہوئے چار پانچ مہینے ہی گزرے تھے۔ شادی کے بعد وہ ایک ماہ کے قریب اپنی بیوی کے ساتھ رہا۔ پھر اسے ملازمت پر جانا پڑا۔ اب یہی ایک موقع

تھا۔ اس کے بعد نہ معلوم کب ملاقات ہو یا نہ ہو۔ اسے اپنی بیوی سے اتنی ہی محبت تھی جتنی کسی نوعمر جوشیلے نوجوان کو ہو سکتی ہے۔ اسے اس کا خوبصورت تیکھے خدوخال والا چہرہ بخوبی یاد تھا۔ اسے یقین تھا کہ وہ جہاں کہیں بھی ہوگی وہ اسے پہچان لے گا۔

بھیڑ میں سے رستہ بناتا ہوا وہ چلا جا رہا تھا۔ پہلے وہ خیموں کے عارضی بازار میں سے ادھر ادھر نظریں دوڑاتا ہوا گزر گیا۔ اس کی بیوی چٹپٹی چیزیں کھانے کی بہت شوقین تھی۔ اس نے دور چاٹ والے کی دکان پر چند عورتوں کا جمگھٹا دیکھا۔ وہ لپک کر وہاں پہنچا۔ عورتوں کی خاصی بھیڑ لگی ہوئی تھی۔ ان میں اس کی بیوی شامل ہو یا نہ ہو۔ اگر وہ یوں ہی نظر اٹھا کر کسی غیر مرد کو دیکھ لے تو وہ ہاتھ دھو کر اس کے پیچھے ہی پڑ جائے۔ چنانچہ وہ دو پیسے کے دہی بڑے لے کر ایک طرف کھڑا ہو گیا اور کنکھیوں سے عورتوں کا جائزہ لینے لگا۔ لیکن ان میں اس کی بیوی موجود نہ تھی۔

وہاں سے نکلا تو پرے مچھلی بیچنے والے کی دکان نظر آئی۔ اسے معلوم تھا کہ اس کی بیوی مچھلی کے پکوڑے یا تلی ہوئی مچھلی بھی بڑی رغبت سے کھاتی تھی۔ ممکن ہے وہاں بینچ پر انگلیاں چاٹتی ہوئی سی سی کر رہی ہو۔ اس کی بیوی ابھی نوعمر لڑکی ہی تھی۔ یہی سولہ سترہ کا سن تھا۔ بڑی چنچل اور طرحدار۔ اسے دیکھ پائے گی تو بھلا وہ کس انداز سے مسکرانے لگے گی۔ وہ بھاگا بھاگا پہنچا۔ لیکن اس کی بیوی اس جگہ بھی موجود نہ تھی۔ اسی طرح بھاگم بھاگ اس کی پگڑی بھی ڈھیلی ہو گئی۔ گردن کی جلد سرخ ہو گئی۔

بڑے گوردوارے کے ارد گرد دور تک علیحدہ علیحدہ شامیانوں کے نیچے دیوان

لگے ہوئے تھے۔ ان دیوانوں میں مرد بھی شامل تھے عورتیں بھی۔ اس نے سوچا ممکن ہے وہ کسی دیوان ہی میں بیٹھی ہو۔ وہ بھاگا بھاگا ایک دیوان میں گھس گیا۔ اسٹیج پر نئی روشنی کا ایک سکھ جنٹل مین کھڑا ہوا تھا۔ وہ سکھ قوم کے کسی مسئلہ پر جدید روشنی میں بحث کر رہا تھا۔ وہ ایک چھوٹے سے قد کا مختصر سا آدمی تھا۔ اگرچہ وہ بڑے جوش میں بول رہا تھا لیکن یہ بات روز روشن کی طرح عیاں تھی کہ دیہاتوں سے آئے ہوئے اکھڑ سکھ اس کے لکچر میں خاص دلچسپی نہیں لے رہے تھے۔ اس کی کمزور پتلی پتلی باہیں اور چھوٹی چھوٹی کسی ہوئی مٹھیاں، اس کی باریک زنانہ آواز اور پھر اس کی اردو ملی پنجابی بولی یا پنجابی ملی اردو سونے پہ سہاگا کا کام کر رہی تھی۔

"میں آپ نوں یقین دلاتا ہوں۔ بلکہ ہم ایسی بات پر مجبور ہوگئے ہیں۔ اسی یہ نتیجہ نکالن میں حق بجانب ہیں کہ سکھ قوم بڑی بہادر قوم تھی اور ہن بھی ہے، لیکن سکھ راج نیتی کے معاملے وچ کورے ہی ہیں۔ سیاست میں کوئی ٹاواں ٹاواں آدمی سمجھدار بھی نظر آجاندا ہے پر اس بات کی پنتھ نوں ہمیشہ ہی کمی رہندی ہے۔۔۔ جے آپ بگھیل سنگھ کی گل پر غور کرو۔ بگھیل سنگھ نے دلی پر قبضہ کر لیتا۔ دلی پر پنتھ کا نشان لہران لگ پیا۔ تو خالصہ صاحبو! دیوالی کے دن آگئے۔ سب سکھوں نے کہا کہ ایس دیوالی امرتسر مناونی ہے جی۔ اس گل نوں سن کر بگھیل سنگھ جی بولے، خالصہ جی بات ہم سویکار کرتے ہیں۔ ہن خالصہ جی امرتسر جی کی طرف کوچ کر دیو۔ اس وقت کسے نے کہیا، سردار صاحب! دلی دا کیا بنے گا؟ سردار بگھیل جی کہن لگے، پھر فتح کر لیں گے۔ تو جی جیکارے بلاندے اور واپس امرتسر آن دھمکے۔۔۔"

جگجیت سنگھ اچک اچک کر عورتوں کی طرف دیکھتا رہا۔ اسے اپنی بیوی کہیں

بھی نظر نہ آئی۔ بچارا بہت پریشان تھا۔ وہاں سے ہٹ کر بھیڑ میں دھکے کھاتا ہوا چلا جا رہا تھا۔ کوئی عورت اس کی نظر سے نہ بچتی تھی۔ وہ اور ایک دیوان میں جا نکلا۔ وہاں بھی لکچر ہو رہا تھا۔ یہ لکچر دینے والے سردار صاحب خوب لمبا سالٹھ ہاتھ میں تھامے ہوئے تھے۔ وہ بڑے جوش میں بول رہے تھے۔ ان کی آواز گرج دار تھی اور صورت سے رعب ٹپکتا تھا۔ اس نے اپنے منہ کے دہانے کے آگے سے اپنی گھنی اور بڑی بڑی مونچھیں ہاتھ سے ہٹاتے ہوئے کہا،

"پنتھ جیو! مجھے ایک بڑے ودوان پروفیسر نے یہ بات بتائی تھی۔ وہ کہتے تھے کہ ہندوستان کی ہسٹریاں لکھنے والے سب انگریز مصنف اس بات کو تسلیم کرتے ہیں کہ اس زمانہ میں انہیں مشرق میں سب سے سخت دشمن سکھ ہی ملے تھے۔ یہ بات کٹر سے کٹر انگریز بھی تسلیم کرتے ہیں۔۔۔ آخر یہ جوش اور طاقت سکھوں میں کہاں سے آگئی؟ یہ شری گرو کلغی دھر کا بھرا ہوا جوش ہے اور یہ سب شری گورو ارجن دیو جی مہاراج کی قربانیوں کا نتیجہ ہے۔۔۔ میں آپ کو ایک مزے کی بات سناتا ہوں۔" یہ کہہ کر وہ ذرا زور کے ساتھ کھانسا۔

جگجیت سنگھ عورتوں کے جھرمٹ کے قریب چلا گیا، "یہ مہاراجہ رنجیت سنگھ کے زمانہ کی بات ہے۔ اس وقت مہاراجہ جی کے جرنیل ہری سنگھ نلوے کی دھوم مچی ہوئی تھی۔ یہ وہی نلوا تھا جس نے کابل قندھار تک سکھوں کی تلوار کا سکہ بٹھا دیا تھا۔۔۔ پٹھان مائیں اپنے روتے ہوئے بچوں کو اس کا نام لے کر چپ کراتی تھیں۔ انہیں دنوں کی بات ہے کہ انگریزوں نے کلکتہ میں ایک کانفرنس بلائی۔ اس میں ہندوستان کے بڑے بڑے حکمراں یا ان کے نمائندے بھی مدعو کیے گئے۔ مہاراجہ

رنجیت سنگھ نے نلوے کو روانہ کر دیا۔ جس دن پہلی میٹنگ ہونے والی تھی سردار ہری سنگھ نلوا وقت سے کچھ پہلے ہی وہاں جا کر بیٹھ گئے۔ ہری سنگھ بہت بھاری ڈیل ڈول والا شخص تھا۔ صورت ایسی ہیبت ناک اور پر جلال تھی کہ دیکھ کر دل تھرا جاتا تھا۔ آنکھوں میں ایسی تیزی تھی کہ کوئی شخص اس سے آنکھ نہیں ملا سکتا تھا۔

خیر! اس میٹنگ میں سبھی لوگ جمع ہونے شروع ہوگئے۔ جو کوئی نلوے کو دیکھتا حیرت سے اس کی آنکھیں کھلی کی کھلی رہ جاتیں۔ میٹنگ کی کارروائی کا وقت آن پہنچا لیکن حاضرین کو جیسے سانپ سونگھ گیا ہو۔ ہر طرف خاموشی طاری تھی۔ ہری سنگھ نلوا کچھ دیر تک تو منتظر رہے پھر وہ کچھ برامان گئے اور اسی دن پنجاب کی طرف روانہ ہو پڑے اور لاہور پہنچ کر مہاراج سے اس بات کی شکایت کی۔ مہاراج نے اسی وقت انگریزوں کو چٹھی لکھی کہ آپ لوگوں نے ہمارے نمائندے کی تضحیک کی ہے۔ وہ آپ کی کانفرنس میں شامل ہوا اور سب چپ چاپ بیٹھے رہے۔ اس بات پر انگریزوں نے جواب دیا کہ ہم معافی کے خواستگار ہیں لیکن ہم لاچار تھے۔ آپ کے جرنیل کا دبدبہ ہی کچھ ایسا تھا کہ یہاں پر کسی کو زبان ہلانے کی جرات تک نہ ہوئی۔ سب ممبران یہی سوچتے رہ گئے کہ ممکن ہے وہ کوئی بات کہیں جو نلوے کو پسند نہ آئے اور وہ خفا ہو جائے۔۔۔ سو یہ تھا ہمارے جرنیل ہری۔۔۔"

جگجیت سنگھ آگے بڑھ گیا۔ گرمیوں کے دن تھے۔ اس نے صبح سے کچھ کھایا پیا بھی نہیں تھا۔ اس کا خیال تھا کہ وہ جلدی سے اپنی بیوی کو ڈھونڈ کر لے آئے گا۔ پھر وہ نہا دھو کر کھانا کھائے گا۔ اور اس کی بیوی بھی شام تک تیاری کر لے گی۔ اگر اس طرح ڈھونڈتے ڈھونڈتے ہی شام ہوگئی تو وہ آج نہ جا سکیں گے۔ جس کے معنی ہیں

ایک دن ضایع ہو جائے گا۔ یہ سوچ کر وہ اور بھی سر گرمی سے بیوی کی تلاش کرنے لگا۔ اس کی پریشانی دیکھ کر کوئی سیوادار پوچھ بیٹھتا، "کیوں سردار جی خیریت تو ہے۔ کوئی بچہ وچہ تو نہیں کھو گیا۔" وہ مسکرا کر آگے بڑھ جاتا۔ واقعی اتنے بڑے میلے میں بیوی کو تلاش کرنا بہت مشکل تھا۔

پرے گھاس کے ٹکڑے پر درخت کی چھاؤں تلے رنگ برنگ کے کپڑوں والی عورتیں بیٹھی تھیں۔ اسے کچھ اس قسم کا دھوکا ہوا جیسے اس کی بیوی بھی انہیں میں شامل ہو۔ وہ بڑی امیدوں کے ساتھ وہاں پہنچا۔ لیکن مایوس آنا پڑا۔ کئی طرحدار بانکی عورتوں کو پیچھے سے دیکھ کر اسے شک گزرتا ممکن ہے یہ میری بیوی ہی ہو۔ مگر جب قریب پہنچ کر ان کی طرف دیکھتا تو شرمندہ ہونا پڑتا۔ ادھر وہ عورتیں اپنی خوبصورت آنکھیں ایک مرتبہ تو حیرت سے اس کے چہرے پر گاڑ دیتیں۔ پھر وہ جلدی سے منہ پھیر کر چل دیتیں۔

ایک اور بڑے مجمع میں بہت عورتیں بیٹھی دکھائی دیں۔ وہ خود لمبے قد کا شخص تھا۔ لیکن اس کے آگے کھڑے ہوئے طرہ باز سکھ نوجوانوں کی پگڑیوں کے پھیلے ہوئے کلغے اس کے راستے میں حائل ہو جاتے تھے۔ وہ بھی مجمع میں گھس کر کھڑا ہو گیا۔ یہاں ڈھڈ سارنگی والوں نے سماں باندھ رکھا تھا۔ ڈھڈ چھوٹی ڈھولک سی ہوتی ہے جسے ایک ہاتھ میں پکڑ کر دوسرے ہاتھ کی انگلیوں سے اسے بجایا جاتا ہے۔ اس کے ساتھ ستار بجتا ہے۔ یہ دونوں ساز رزمیہ اور جوشیلے گانوں کے لیے مخصوص ہیں۔ سب سے زیادہ بھیڑ اسی جگہ تھی۔ عورتوں کی تعداد بھی بہت زیادہ تھی۔ جگجیت سنگھ کو پورا یقین تھا کہ اس کی بیوی اس جگہ ضرور مل جائے گی۔

وہ کچھ آگے بڑھا پھر رک گیا۔ اس نے سوچا کہ اگر اس نے زیادہ دھما چوکڑی مچائی تو لوگ اسے نکال باہر کریں گے۔ وہ ایسے زاویہ پر کھڑا ہونا چاہتا تھا جہاں سے وہ عورتوں کو بخوبی دیکھ سکے۔ وہ کچھ دیر کے لیے ڈھڈ سارنگی والوں کے گیت سننے کے لیے کھڑا ہو گیا۔ وہ تعداد میں تین تھے۔ تینوں شخص خوب پلے ہوئے بھینسوں کی طرح موٹے تازے تھے۔ رنگ تانبے کے مانند سرخ۔ گردن کی رگیں پھولی ہوئیں۔ جوش میں بپھرے ہوئے شیروں کی طرح دکھائی دیتے تھے۔ اس وقت وہ مشہور شاعر شاہ محمد کی لکھی ہوئی رزمیہ نظم سنا رہے تھے۔ اس نظم میں شاہ محمد نے بڑے پرجوش انداز میں سکھوں اور انگریزوں کی لڑائی کا حال بیان کیا ہے۔

ان تین اشخاص میں سے ایک کے ہاتھ میں ستار تھا اور دو کے ہاتھ میں ڈھڈ کی دھپا دھپ کی آواز کے ساتھ ان کے ہاتھ اور سر بھی ہل رہے تھے۔ حاضرین بیٹھے جھوم رہے تھے۔ ڈھڈ والوں میں ایک شخص کبھی نثر میں جنگ کا نقشہ کھینچتا اور پھر کوئی بول وہ تینوں ہم آواز ہو کر ایک ساتھ پرجوش انداز میں گانے لگتے۔

"صاحباں! یہ ایک غلط بات ہے کہ مہاراجہ رنجیت سنگھ کی وفات کے بعد سکھوں نے جنگ کا آغاز کیا۔ حقیقت یہ ہے کہ خود انگریزوں کی نیت خراب تھی۔ انھوں نے رشوت دے کر چند سکھ سرداروں کو اپنے ساتھ ملا لیا تھا۔ مجبوراً سکھوں کو بھی لڑنا پڑا۔ یہ انگریزوں کی خوش قسمتی تھی اس وقت سکھوں کا کوئی رہنما نہ تھا۔ اگر یہ لڑائی مہاراجہ شیر پنجاب کی زندگی میں شروع ہو گئی ہوتی تو یقیناً آج ہندوستان کی تاریخ کچھ اور ہی ہوتی۔ ایک طرف فرنگیوں نے کچھ ایسے حالات پیدا کر دیے کہ سکھوں کے لیے جنگ ناگزیر ہو گئی۔ اور جب سکھ مرنے یا مارنے پر تیار ہو گئے تو

انگریزوں نے چاہا کہ طوفان تھم جائے۔ چنانچہ شاہ محمد فرماتے ہیں،

چٹھی لکھی فرنگیاں خالصے نوں

تسی کاس نوں جنگ مچانووین او

(انگریزوں نے سکھوں کو چٹھی لکھی کہ آپ جنگ کیوں چھیڑ رہے ہیں)

ہور دیے جونس فرماندے او

(ہم سے لاکھوں روپیہ لے جاؤ اور اس کے علاوہ جو کچھ آپ طلب کریں ہم دینے کو تیار ہیں)

جگجیت سنگھ مایوس ہو کر مجمع سے باہر نکل آیا۔ اب کوئی چارہ باقی نہ رہا تھا۔ اس کے ہونٹ خشک ہو رہے تھے۔ پسینہ اس قدر زیادہ آیا تھا کہ اس کی بغلوں میں اس کا خاکی کوٹ تک بھیگ گیا تھا۔ پیٹ پیٹھ سے جا لگا تھا۔ شدت کی پیاس محسوس ہو رہی تھی۔ اسے اپنی بیوی پر سخت غصہ آنے لگا۔ نہ معلوم کمبخت کہاں چھپ کر بیٹھ رہی ہے۔ اس کا سارا پروگرام درہم برہم ہوا جا رہا تھا۔۔۔ اس نے سبیل سے دودھ کی کچی لسی پی اور لاہور کے قلعہ کی دیوار سے پیٹھ لگا کر کھڑا ہو گیا۔ اس کی ٹانگیں شل ہو گئی تھیں۔ وہ زیادہ دیر تک کھڑا نہ رہ سکا۔ اس قدر شور و غل اور دھکم دھکے میں وہ بھوکا پیاسا صبح سے گھوم رہا تھا۔ اس نے سوچا کہ کہیں لیٹ کر کمر سیدھی کر لے۔

یہ سوچ کر وہ میلے سے ذرا ہٹ کر ایک درخت کی طرف بڑھا۔ برگد کے پھیلے ہوئے درخت کے نیچے گاؤں سے آئی ہوئی عورتیں بیل گاڑیوں کے نیچے بیٹھی ہوئی روٹیاں کھا رہی تھیں۔ وہ مایوس تھکا ہارا قدم بڑھائے چلا جا رہا تھا کہ اتنے میں ایک لڑکی بھاگتی ہوئی ان کے سامنے آن کھڑی ہوئی۔۔۔ اس نے آنکھیں اٹھائیں۔۔۔

ارے اس کی چھوٹی بہن۔۔۔!

"ستو! ستو! تم لوگوں کو صبح سے ڈھونڈ رہا ہوں۔ کہاں بیٹھی ہو تم لوگ؟" بہن نے انگلی سے دور اشارہ کیا۔ وہ اس کے ساتھ چل دیا اور وہاں اس کی دوسری بہن اور بیوی صاحبہ بھی براجمان تھیں۔ بیوی حسب معمول چٹوری بلی کی طرح اپنے سامنے کئی چٹپٹی چیزیں رکھے پوریاں کھانے میں مصروف تھی۔ دونوں کی نظریں ملیں تو بیوی دلفریب انداز سے مسکرا کر شرما گئی۔ کتنی محنت کے بعد بیوی کی صورت نظر آئی تھی۔ وہ پہلے کی طرح سانولی سلونی ہی تھی۔ سرخ رنگ کی شلوار اور تنگ سی قمیص پہنے ہوئے جس میں اس کی چھاتیوں کی ابھری ہوئی گولائیاں صاف نظر آ رہی تھیں۔ اس کا جسم پہلے ہی کی طرح جاذب تھا۔۔۔

جگجیت سنگھ ان کے پاس بیٹھ گیا اور دو تین پوریاں بھی کھالیں اور ساتھ ہی ساتھ اپنا رونا بھی روتا گیا۔ بیوی بولی، "آخر میں کہیں گم تو نہ ہو جاتی، آپ گھر ہی پر کیوں نہ بیٹھے رہے۔۔۔ اس قدر دھوپ میں۔۔۔ خواہ مخواہ۔۔۔" اس نے بہنوں کی نظریں بچا کر اس کی بغل میں چٹکی لے لی اور وہ بل کھا کر پرے سرک گئی۔ اس نے بتایا کہ وہ دونوں شملہ کو جانے والے تھے۔ اس کی بیوی حیران رہ گئی۔ اس کے منہ کا نوالہ منہ ہی میں رہ گیا۔ حلق سے اترا ہی نہیں۔ بڑی خوشی ہوئی۔ وہ جانتا تھا کہ اس کی بیوی کتنی خوش ہو گی۔

وہ لوگ جلدی سے میلے کو خیر باد کہہ کر گھر آئے۔ آتے ہی اس کی بیوی نے سامان باندھنا شروع کر دیا۔ ماں نے کہا وہ تیرے ساتھ کیسے جا سکتی ہے۔ ایک تو تم احمق ہو اور تم سے زیادہ وہ احمق ہے جو جھٹ تمہارے ساتھ چلنے پر آمادہ ہو گئی۔

ادھر اس کی بہنیں بھی واویلا کرنے لگیں کہ وہ بھی چلیں گی۔ نہیں تو بھابی کو بھی نہ جانے دیں گی۔ یہ نیا جھنجھٹ آن پڑا۔ اس نے ماں سے کہا، "آخر حرج ہی کیا ہے۔ پہاڑ پر چلی جائے گی تو اس کی صحت اور اچھی ہو جائے گی۔" اس پر اس کی ماں نے ناک چڑھا کر کہا، "باہگورو، باہگورو، لفٹی ننٹ بن گیا ہے پر اتنی عقل بھی نہیں سر میں۔۔۔"

پھر وہ اسے گھر کے ایک کونے میں لے گئی اور اس کے کان میں کھسر پھسر کرنے لگی۔ جگجیت سنگھ کی آنکھیں پھیل گئیں۔ اس کے منہ سے مسرت کی ہلکی سی چیخ نکل گئی۔ اس کی بیوی حاملہ تھی۔ اس نے ماں کو بازوؤں میں جکڑ کر اوپر اٹھالیا، "افوہ میری اچھی ماں۔۔۔ میری بہت ہی اچھی ماں۔۔۔ بول تو کس چیز سے منہ میٹھا کرے گی۔" ماں خوشی سے پھول کر کپا ہو گئی بولی، "ارے پگلے! منہ تو میٹھا کر ہی لوں گی، تو یہ بتا کہ میرا مطلب بھی سمجھ گیا کہ میں کیوں تجھے اسے ساتھ لے جانے سے منع کرتی تھی۔"

"لیکن ماں اس سے کیا ہوتا ہے۔ وہ چلے گی میرے ساتھ، اچھا ہوا جو تو نے بتا دیا۔ میں اس کا سب خیال رکھوں گا۔۔۔ میں سب کچھ سمجھتا ہوں۔" ماں بگڑ گئی، "پھر وہی مرغے کی ایک ٹانگ۔ جب میں نے کہہ دیا نہیں جائے گی۔"

"کیوں ماں! کیوں نہیں جائے گی؟"

"نہیں جائے گی۔ ہزار بار لاکھ بار کہہ دیا نہیں جائے گی۔"

یہ نئی مشکل آن پڑی۔ اس نے منت کر کے کہا، "ماں آخر تجھے ہو کیا گیا ہے۔"

"ارے جاہل، ہوش کے دوا لے۔ عورت کے پیٹ میں بچہ ہو اور پہاڑوں پر

قلانچیں بھرتی پھرے۔ تیری عقل گھاس چرنے گئی ہے کیا۔" وہ آگے بڑھ کر ماں کو سمجھانے لگا، "ماں! دھیرج کر کے میری بات بھی تو سن۔۔۔ تین چار مہینے کا بچہ تو ہے ہی۔ اس میں پریشانی کی بات کیا ہے؟" اس پر ماں جھنجھلا کر کچھ کہنے ہی والی تھی کہ اس نے اس کا منہ بند کر کے کہا، "میری بات تو سن لے پہلے۔ مجھے یہ بتا کہ تو پہاڑ کو سمجھتی کیا ہے۔ وہاں ہموار سڑکیں ہوتی ہیں۔ پھر ہر قسم کی سواری مثلاً رکشا ڈانڈی وغیرہ۔ بھلا میں اسے پیدل گھماؤں گا۔ تونے بھی مجھے ایسا ہی بے وقوف سمجھا ہے۔ میں تجھ سے وعدہ کرتا ہوں کہ اگر دس قدم بھی جانا ہو گا تو میں اسے رکشا پر بٹھا لے جاؤں گا۔"

اَن پڑھ ماں نے رونی آواز میں کہا، "ارے بیٹا رکشا کیا ہوتی ہے۔ میں نے تو آج ہی نام سنا ہے۔ کیوں بناتا ہے مجھے۔۔۔"

جگجیت سنگھ نے ماں کو سمجھانے میں اپنی ساری قابلیت صرف کر دی۔ ماں بڑی مشکل سے رضامند تو ہو گئی لیکن اس کے دماغ میں اب بھی وہی خیال بیٹھا ہوا تھا کہ بیٹا غلطی کر رہا ہے۔ ماں سے جان چھوٹی اور سامان بندھنے لگا تو بہنیں بسورنے لگیں۔ آج اسے بہنوں پر بڑا غصہ آ رہا تھا۔ انہیں اتنی تعلیم بھی نہیں دی گئی کہ اگر میاں بیوی کسی جگہ تفریح کے لیے جا رہے ہوں تو دوسروں کو خواہ مخواہ اس میں اپنی ٹانگ نہ اڑانی چاہیے۔ وہ بہنوں کو کچھ کہہ نہیں سکتا تھا۔ لیکن اس موقع پر اس کی ماں نے دونوں لڑکیوں کو جھاڑ کر بٹھا دیا، "خبردار! چوٹی کاٹ کر پھینک دوں گی اگر تم میں سے کسی نے ساتھ جانے کا نام بھی لیا تو۔"

اب بہنیں بھائی کی طرف دیکھنے لگیں۔ بھائی نے سر اور آنکھوں کے اشارے

سے ظاہر کیا کہ اب وہ کیا کر سکتا تھا۔ بچاری سیدھی سادی بہنیں سمجھتی رہیں کہ بھیا بچارا تو انہیں لے جانے کے لیے تیار تھا۔ ماں نے نہیں جانے دیا۔ ان سب باتوں سے فراغت پا کر اس نے گھڑی دیکھی تو چار بجے تھے۔ ساڑھے آٹھ بجے گاڑی روانہ ہوتی تھی۔ ابھی کافی وقت باقی تھا۔ لیکن وہ دل میں ڈر رہا تھا کہ کہیں کوئی نئی رکاوٹ کھڑی نہ ہو جائے۔ اس لیے اس نے نوکر کو اسی وقت تانگہ لانے کے لیے بھیج دیا۔ ماں کہنے لگی، "بیٹا ایسی بھی کیا جلدی ہے؟" اس نے بہانہ کیا کہ گاڑی میں بہت تھوڑا وقت باقی رہ گیا ہے۔ تانگہ آیا اور وہ جلدی سے سامان رکھ کر تانگے میں بیٹھ گئے۔ ماں نے بلائیں لیں۔ دونوں کو تانگہ چل دینے پر بھی پکار پکار کر قیمتی نصیحتیں کرتی رہی۔

جب گھر سے دور چلے آئے تو وہ ہاتھ جوڑ کر کہنے لگا، "بھئی شکر ہے۔ ہزار ہزار جان چھوٹ ہی گئی۔" اس کی بیوی ہنس کر اس کے قریب ہو گئی۔ اس نے بیوی کی آنکھوں میں آنکھیں ڈال کر کہا، "اچھا اب تم بھی مجھ سے باتیں چھپانے لگیں؟"

"میں نے کیا بات چھپائی؟" اس کی بیوی لاعلمی میں آنکھیں جھپکا کر بولی۔ جگجیت سنگھ نے پیٹ کی طرف آنکھ سے اشارہ کیا اور وہ دونوں ہاتھوں سے منہ چھپا کر روٹھ گئی، "آپ بہت بے شرم ہیں اور نہیں تو۔"

"ہو ہو۔" جگجیت نے کہا، "تم روٹھ گئیں۔ بھئی تمہیں منا لینا کیا مشکل ہے۔ ابھی دو پیسے کے گول گپے کھلا دوں تو خوش ہو جاؤ گی۔" اس پر اس کی بیوی انگلیوں کے بیچ میں سے دیکھ دیکھ کر ہنسنے لگی۔

"اچھا واقعی بتاؤ تو کیا کھاؤ گی؟" دہی بڑے، پکوڑے، کلفی، رس گلے، آئس

کریم۔۔۔ بتاؤ میری چٹوری بلی!"

"کھانے بیٹھ جائیں گے تو گاڑی جو چل دے گی۔"

"ہاہا۔۔۔ آ گئیں چکمے میں۔۔۔ بھئی ابھی تو بہت وقت پڑا ہے۔ میں نے یونہی غپ اڑادی تھی۔ سوچا ذرا ان لوگوں سے جان چھڑا کر بھاگیں۔"

وہ دونوں ایک بہت بڑے ہوٹل میں گھس گئے۔ وہ جان بوجھ کر بیوی کو اس ہوٹل میں لے گیا تھا۔ اب وہ لفٹننٹ ہو گیا۔ وہ چاہتا تھا ذرا بیوی بھی اس کی شان دیکھ لے۔ وہ ایک علیحدہ باکس میں بیٹھ گئے۔ اس کی بیوی کے ترو تازہ حسین چہرے پر حیرت کے آثار کس قدر بھلے معلوم ہوتے تھے۔ پہلے بھی اس نے ہوٹلوں میں کھانا کھایا تھا لیکن ایسے شاندار ہوٹل میں آنے کا اتفاق نہ ہوا تھا۔ جگجیت سنگھ نے بٹن دبایا۔ گھنٹی بجی۔ بیرا حاضر ہوا۔ اس نے آرڈر دیا۔ آج وہ بہت خوش تھا۔ اپنی محبوب بیوی کے ساتھ نہ پہلے کبھی اکیلے سفر کیا تھا، نہ وہ کبھی اکیلے کسی مقام پر جا کر رہے تھے۔ پھر شملہ جیسے مقام پر وہ دونوں کس قدر لطف اندوز ہوں گے۔

موجودہ لمحہ سے لے کر مکمل دو ہفتوں کی چھٹیاں ختم ہونے تک وہ ایک ایک لمحہ مسرت اور شادمانی میں گزارنا چاہتا تھا۔ آج صبح سے وہ عجب سراسیمگی میں گھومتا رہا۔ وہ سمجھنے لگا کہ یہ بھی واہگورو اکال پرکھ کی کرپا تھی کہ اس کی سب مشکلات آنکھ جھپکتے میں دور ہو گئیں۔ کھانا آیا اور وہ آپس میں باتیں کرنے لگے۔ اس کی بیوی کی شیریں آواز اس کے کانوں میں امرت ٹپکاتی تھی۔ وہ بھی تو ازحد خوش تھی۔ مینا کی طرح چہک چہک کر باتیں کر رہی تھی۔ اس کی طفلانہ حرکتیں اور بھی زیادہ مزا دے رہی تھیں۔ وہ بولی، "کیوں جی! ہم گوردوارے میں ٹھہریں گے جا کر؟"

"نہیں مائی ڈارلنگ۔ ہم کسی شاندار ہوٹل میں ٹھہریں گے۔ گوردوارے کا ناجائز فائدہ نہیں اٹھانا چاہیے۔ گوردوارے پر بوجھ ڈالنے کے بجائے ہمیں اپنے ہاتھ سے وہاں دان کرنا چاہیے۔"

پھر اس نے بیوی کو پہاڑی مقامات کی بابت سب باتیں بتائیں، "وہاں مکانات اوپر تلے بنے ہوئے ہوتے ہیں۔ جب بارش ہوتی ہے تو وہاں ہمارے شہروں کی طرح کیچڑ نہیں ہوتی بلکہ پانی فوراً بہہ جاتا ہے۔ سڑکیں دھل کر صاف ہو جاتی ہیں۔۔۔ وہاں ہم زمین سے بہت اونچے ہو جائیں گے سمجھی۔۔۔ یہ بادل جو آسمان پر نظر آتے ہیں۔ ہمارے نیچے نظر آنے لگیں گے۔۔۔ ہاں۔" اس کی بیوی یہ باتیں سن کر بہت حیران ہوئی۔ کھانا کھانے کے بعد وہ دونوں خوش خوش باتیں کرتے ہوئے اسٹیشن کی طرف چل دیے۔ تانگے سے سامان اتروا کر قلیوں کے حوالے کیا۔ ابھی گاڑی جانے میں آدھ گھنٹہ باقی تھا۔ اس نے سکنڈ کلاس کے دو ٹکٹ خرید لیے۔

جنگ کی وجہ سے بھیڑ بھاڑ بہت زیادہ تھی، اس لیے وہ دونوں فوراً پلیٹ فارم کی طرف چل دیے۔ بیوی شوہر کے پیچھے پیچھے چل رہی تھی۔ اس کا طاقتور اور چوڑے چکلے جسم والا خاوند اس کی رہنمائی کر رہا تھا۔ گاڑی ٹھسا ٹھس بھری ہوئی تھی۔ سکنڈ کلاس کے صرف ایک ڈبہ میں ایک انگریز کے سوا اور کوئی نظر نہ آتا تھا۔ جگجیت سنگھ دروازہ کھول کر اندر جانے لگا تو انگریز اٹھ کر دروازے پر آن کھڑا ہوا، "کسی اور ڈبہ میں بیٹھیے جا کر۔" وہ بہت حیران ہوا، "اور کوئی ڈبہ خالی نہیں ہے۔"

"خیر اس ڈبے میں نہیں بیٹھنے دوں گا۔"

"کیوں، کیا یہ ریزرو ہو چکا ہے؟" انگریز نے نتھنے پھلا کر کہا، "ریزرو ہی سمجھ

لو۔" جگجیت سنگھ بہت پریشان ہوا۔ اس نے ادھر ادھر دیکھا، کہیں بھی ریزرو لکھا ہوا نظر نہ آیا۔ "یہ ریزرو نہیں ہے۔" یہ کہہ کر وہ اندر داخل ہونے لگا، تو صاحب نے پھر راستہ روک دیا۔ اس بات پر کچھ تو تو میں میں ہوگئی۔ کچھ لوگ بھی جمع ہوگئے۔ اسٹیشن کا بابو بھی آنکلا۔ جگجیت سنگھ نے بابو کو ساری بات سمجھائی۔ صاحب نے چلا کر کہا، "میں اسے اپنے ڈبے میں سفر کرنے کی اجازت نہیں دے سکتا۔"

بابو نے کہا اسٹیشن ماسٹر سے کہیے۔ جگجیت سنگھ اسٹیشن ماسٹر کے پاس گیا۔ اس نے آکر صاحب کو سمجھایا لیکن صاحب نے سو سوالوں کا جواب ایک "نہیں" میں دے دیا۔ پولیس کے کانسٹبل چپ چاپ ادھر ادھر کھسک گئے۔ اسٹیشن ماسٹر نے سپرنٹنڈنٹ پولیس کو فون کیا۔ وہ دفتر میں نہیں تھا۔ اس نے بھی لاچاری ظاہر کی آخر ہو بھی کیا سکتا تھا۔ گاڑی چلنے میں ابھی پانچ منٹ باقی رہ گئے تھے۔ جگجیت سنگھ پلیٹ فارم پر کھڑا تھا۔ قلی سامان زمین پر رکھے چپ چاپ بیٹھے تھے۔ اس کی سرمگیں آنکھوں والی بیوی سراسیمگی سے اس کی طرف دیکھ رہی تھی۔ صاحب کھڑکی کے قریب بیٹھا اطمینان سے چرٹ پی رہا تھا۔

مادرِ وطن کے سینے پر مادرِ وطن کی ریل گاڑی کھڑی تھی اور مادرِ وطن کے ایک بیٹے کو اس سرزمین سے ہزارہا میل پر رہنے والا اجنبی گاڑی کے اندر داخل نہیں ہونے دیتا تھا۔ اس کا یہ جائز حق کوئی قانون واپس نہ دلا سکتا تھا۔ جگجیت سنگھ کا جسم تنگ وردی میں جکڑن سی محسوس کرنے لگا۔۔۔ دفعتاً اس نے قلیوں کو سامان اٹھانے کے لیے کہا اور بیوی کو ساتھ لے کر گاڑی کے اسی ڈبے کی طرف بڑھا۔ پیشتر اس کے کہ صاحب اٹھ کر اس کا راستہ روکے وہ پھرتی سے دروازہ کھول کر اندر داخل

ہو گیا۔ صاحب کی گردن پکڑی اور اس کی ٹانگوں میں ہاتھ دیا اور اچھال کر پلیٹ فارم پر پھینک دیا۔ بیوی کا ہاتھ پکڑا۔ اسے سیٹ پر بٹھایا۔ قلی سامان لے کر اندر آگئے اور اس نے صاحب کا سامان اٹھا اٹھا کر پلیٹ فارم پر پھینکنا شروع کر دیا۔

صاحب گاڑی کی طرف لپکا۔ جگجیت سنگھ نے گاڑی سے نیچے اتر کر اسے راستہ ہی میں جا لیا۔ اس کے گندم گوں ہاتھوں کی گرفت میں صاحب کی ٹائی آگئی اور دوسرے فولادی ہاتھوں میں دو زناٹے کے تھپڑ اس کے منہ پر پڑے۔ صاحب کی بتیسی ہل گئی اور اسے دن میں تارے نظر آنے لگے۔ وہ تھپڑ کھا کر لڑکھڑاتا ہوا پیچھے کی طرف اپنے کھلے سوٹ کیس میں جا دھنسا۔۔۔ اس کشمکش میں اس کے سر سے ہیٹ گر کر جو لڑھکا تو ایک بازاری کتا اسے منہ میں داب کر لے بھاگا۔

اس کے بعد صاحب کو آگے بڑھنے کی ہمت نہ ہوئی۔ جونہی جگجیت سنگھ نے پائیدان پر پاؤں رکھا۔ گاڑی چل دی۔

***

۵

بابا مہنگا سنگھ

ایک ہمارے ماموں صاحب ہیں کہ شہر میں کسی نہ کسی کام سے آتے رہتے ہیں۔ رات عموماً میرے ہاں ہی گزارتے ہیں اور جب رخصت ہونے لگتے ہیں تو مجھے اپنے ساتھ لے جانے پر اصرار کرتے ہیں۔ مجھے گاؤں سے کوئی دلچسپی نہیں ہے۔ کھلی ہوا، دودھ دہی اور سیدھے سادے بھولے بھالے لوگوں سے مجھے کیا تعلق؟ میں دودھ کے بجائے چائے پینا پسند کرتا ہوں۔ کھلی ہوا کے بجائے کافی ہاؤس کی دھواں دھار فضا زیادہ اچھی معلوم ہوتی ہے۔ دیہات کے سیدھے سادھے لوگوں سے براہ راست تعلقات پیدا کرنے کے بجائے میں آرام کرسی پر بیٹھ کر کسی دوست کے ساتھ ان بیچاروں کے مفاد پر گفتگو کرنا افضل سمجھتا ہوں۔ حفظان صحت کی رو سے شہر کی ضرر رساں فضا میں چالیس برس جینے کو دیہات میں اسی سال تک زندہ رہنے پر ترجیح دیتا ہوں۔ لیکن ماموں صاحب کے اصرار سے مجبور ہو کر ایک بار دیہات میں جانا پڑا۔

گاؤں میں پہنچ کر مجھے مایوسی بالکل نہیں ہوئی بلکہ کچھ خوشی ہوئی کہ گاؤں کی بابت جو میرے خیالات تھے، وہ درست نکلے۔ اب ہر طرف کھلی ہوا تھی۔ کوئی اچھا

مکان نہیں، کوئی سینما نہیں، کوئی کار نہیں، کوئی کمیونسٹ نہیں، بس کھلی ہوا ہے اور مجھے اس بات پر خوش ہونے کی دعوت دی جارہی تھی۔ میں ماموں کے مکان کے باہر والے کمرے میں بیٹھا جماہیاں لیا کرتا۔ گھر کے سامنے کھلی جگہ میں ماموں صاحب کی بھینس کھڑی دم ہلایا کرتی۔ کبھی کبھی میری طرف دیکھتی۔ کہو بیٹا دودھ پیوگے، مکھن چاٹوگے، دہی کھاؤ گے۔ میں کہتا میڈم آپ دودھ کی جگہ چائے کیوں نہیں دیتیں۔ معلوم ہوتا ہے کہ آپ چائے کے ذائقے سے واقف نہیں ورنہ۔۔۔ بھینس بھی آخر دیہاتن ٹھہری۔ وہ قطع کلام کر کے سینگ ہلانے لگتی اور پھر اپنی بے قدری پر مضمحل ہو کر انتہائی بے اعتنائی سے پورب کی طرف دیکھنے لگتی اور میں ٹالی کی گرہ ڈھیلی کر کے پچھم کی طرف نظر جما دیتا۔ دو ہی روز بعد مجھے یقین ہو گیا کہ اس جگہ میرے دیکھنے کی کوئی چیز نہیں ہے۔ البتہ میں گاؤں والوں کے لیے دیکھنے کی شے ہوں۔ ماموں جان مجھے اپنے ہمراہ لے کر باہر نکلتے تو جو واقف ملتا۔ اور گاؤں بھر میں کوئی ایسا شخص نہیں تھا جو ان کا واقف نہ ہو۔ اسے میری تفصیلات سے آگاہ کرتے۔ وہ لوگ مجھے سر سے پاؤں تک آنکھیں پھاڑ پھاڑ کر دیکھنے لگتے۔ ان کے اس رویے سے میں بھول ہی گیا کہ مجھے بھی یہاں کچھ دیکھنا ہے۔ اور وہ پیاری پیاری دیہاتی لڑکیاں جن کی تربوز تربوز بھر چھاتیاں، جنہیں دیہاتی سچ مچ چھاتیاں سمجھتے ہیں۔ اور ان کے وہ گوبر میں سنے ہوئے ہاتھ جنہیں پھیلا کر وہ کچھ ایسے بے باک انداز سے میری طرف دیکھتی تھیں کہ میں اپنے آپ کو بالکل سادہ لوح ظاہر کرنے لگتا۔ آنکھ وانکھ مارنا تو ایک طرف مسکرانے تک کی جرات نہ ہوتی تھی۔ اور بیچارے بھولے بھالے نوجوان جن کی صورتوں سے ظاہر ہوتا تھا کہ اگر میرے ساتھ ماموں جان نہ

ہوتے تو وہ ایک ٹکے کے لیے میری جان لینے سے گریز نہ کرتے۔

اس فضا میں میرے لیے اور زیادہ عرصے کے لیے زندہ رہنا ناممکن ہوا جا رہا تھا۔ مجھے بڑے اہتمام سے وہاں سے لے جایا گیا تھا اور میں بھی بڑے طمطراق سے وہاں گیا تھا، اس لیے دو ہی دن بعد لوٹ آنا قطعاً نامناسب معلوم ہوتا تھا۔ نہ معلوم میں کیا کر گزرتا۔ اگر سچ مچ میری دلچسپی کا سامان پیدا نہ ہو جاتا۔ منجملہ اور چیزوں کے میرے دل میں سب سے زیادہ کشش سردار مہنگا سنگھ کے لیے پیدا ہوئی۔

ایک روز صبح کے وقت جب کہ ماموں صاحب مجھے پورا آدھا سیر تازہ دوہا ہوا دودھ پلانے پر مصر تھے سردار مہنگا سنگھ ادھر سے گزرا۔ ماموں سے علیک سلیک تھی۔ "واہگورو جی کی فتح" کہہ کر آگے بڑھ گئے اور پھر ماموں جی کی باتوں سے معلوم ہوا کہ وہ تو میرے لیے مجسم درس عبرت تھا۔ وہ کیوں کر؟ اب سردار مہنگا سنگھ کی عمر تین کم اسی برس کی تھی۔ لیکن اس عمر میں بھی دو تین چار سیر دودھ ایک ہی سانس میں پی لینا اس کے لیے کوئی غیر معمولی بات نہیں تھی اور ادھر میں جو ابھی نوجوان تھا، آدھ سیر دودھ بھی نہیں پی سکتا اور جب سردار مہنگا سنگھ جوان تھا تو وہ دودھ سے لبریز گھڑے کو منہ لگا دیا کرتا تھا۔

"پینے کے لیے۔"؟

"اور نہیں تو کیا؟"

میں کھیتوں میں غائب ہوتے ہوئے مہنگا سنگھ کو دیکھتا رہا۔ اس کا اونچا قد، لمبی داڑھی اور بڑے بڑے ہاتھ پاؤں۔۔۔

"کام کیا کرتا ہے؟"

"کچھ نہیں، اپنی زمین کی دیکھ بھال کرتا ہے پہلے ڈاکے ڈالتا تھا۔ اب واہگورو کی بھگتی کرتا ہے۔"

مجھے مہنگا سنگھ کی شخصیت سے دل چسپی پیدا ہو گئی۔ وہ ایک ذہین شخص تھا۔ سیاسیات، معاشیات اور نفسیات وغیرہ مضامین پر وہ گفتگو نہیں کر سکتا تھا۔ لیکن بحیثیت ایک انسان وہ یقیناً بہت دلچسپ تھا۔ اس کا راکششوں کے مانند ڈیل ڈول تھا، گینڈے کی طرح کھال۔ مربے والی پھولی ہوئی ہرڑ کی سی آنکھیں، گھنے بالوں سے ڈھکا ہوا سینہ، چھاج کے مانند کان، قدیمی بابلی بادشاہوں کی طرح بٹی ہوئی لمبی داڑھی اور مونچھیں دیکھ کر انسان کو اس بات کا شبہ تک نہ ہو سکتا تھا کہ وہ کوئی مزے دار بات کہہ سکتا ہے یا گدگدی پیدا کرنے والے کسی چٹکلے کو سن کر قہقہے لگا سکتا ہے۔

چاندنی راتوں میں گاؤں سے باہر عام طور پر نوجوان کبڈی کھیلا کرتے تھے۔ لیکن اندھیری راتوں میں عموماً مہنگا سنگھ کو گھیر لیتے۔ مہنگا سنگھ کو زندگی میں بے شار دل چسپ واقعات پیش آ چکے تھے۔ وہ ان کی سزائیں بھگت چکا تھا اور جو ثابت نہ ہو سکے تھے، وہ دنیا نے معاف کر دیے تھے۔ اب وہ واہگورو نام کا سمرن کرتا تھا یا گاؤں کے نوجوانوں کو کوئی مزے دار قصہ سنا دیتا۔ گاؤں سے تقریباً ایک فرلانگ کے فاصلے پر لفیٹن کی باغچی تھی۔ یعنی لفٹنٹ کا باغ۔ میں نے اس کی وجہ تسمیہ جاننے کی کبھی کوشش ہی نہیں کی۔ خیر اس باغچے کے قریب ایک اونچا ٹیلا تھا۔ مہنگا سنگھ رات کا کھانا کھانے کے بعد اس ٹیلے پر جا بیٹھتا اور پریم رس میں ڈوبے ہوئے شدہ اپنی بے ڈھب آواز لیکن اپنی دانست میں نہایت دردناک لے کے ساتھ پڑھا کرتا۔ کچھ آدمی بھی اس کے قریب آن بیٹھتے۔ داڑھیوں پر ہاتھ پھیر پھیر کر شبدوں کے الفاظ

اور معنی کی داد دیتے۔ بعض اوقات پریم رس اور گیان دھیان سے دفعتاً گریز کر کے وہ عورتوں کی باتیں کرنے لگتے۔ ان کے بالوں، آنکھوں، ہونٹوں، گردن اور چھاتیوں سے ہوتے ہوئے گہرائیوں تک اتر جاتے۔ سب مل جل کر بڑی فحش باتیں کرتے۔ اور جب جی بھر جاتا تو دفعتہ گفتگو کا ایک بہت ہی اعلی اخلاقی نتیجہ نکال لیتے اور پھر سب بڑے گیانیوں کی طرح زندگی کی ناپائیداری پر لمبی آہیں بلند کرتے ہوئے اٹھ کر گاؤں کی طرف چل دیتے۔

میرا بھی یہ معمول ہو گیا تھا کہ شام کا کھانا کھایا اور باباجی کے ٹیلے کی طرف چل دیتا۔ بابا مہنگا سنگھ آنکھیں موندے، گورچرنوں میں سیس نوائے یا تو کپڑے کی بنی ہوئی مالا جپتے یا شدا گاتے۔ جس روز کا اب ذکر کر رہا ہوں۔ اس روز بھی سب لوگ پریم رس میں رس گلے بنے بیٹھے تھے۔ نہ معلوم عورتوں کا ذکر کیوں اور کہاں سے شروع ہوا۔ اس روز صنف نازک پر نیا الزام لگایا گیا اور مہنگا سنگھ نے پہلے گروصاحب کے لکھے ہوئے استر چرتر کا حوالہ دیا اور پھر اس کا ذکر ترک کر کے ذاتی تجربات بیان کرنے لگے۔

ہم سب سرک کر ان کے قریب ہو بیٹھے۔ تاروں کی مدھم روشنی میں جب مہنگا سنگھ نے اس نئے مضمون پر گفتگو کرنے کے لیے منہ کھولا تو اس کی آنکھوں میں ایک نئی چمک پیدا ہو گئی۔ اس کی ہوا میں لہراتی ہوئی داڑھی جیسے جھوم جھوم کر اظہار مسرت کرنے لگی۔

عورتوں کی چالا کی؟ ہاہا۔۔۔ مرد خود اپنے آپ کو کتنا ہی عقلمند کیوں نہ سمجھے لیکن عورت کے سامنے اس کی ایک نہیں چلتی۔ اب میں آپ بیتی سناتا ہوں جو بظاہر

اس قدر حیرت انگیز ہے کہ شاید تم لوگوں میں سے بعض کو اس بات کا یقین بھی نہ آئے۔

ہم سب اس کے منہ سے نکلا ہوا ایک ایک لفظ غور سے سن رہے تھے۔ اصل بات شروع کرنے سے پہلے اس نے بتایا کہ اس وقت اس کی عمر تیس برس کے لگ بھگ تھی۔ وہ بہت طاقتور شخص تھا۔ گھونسہ مار کر اینٹ توڑ ڈالتا تھا۔ کئی معرکے کے ڈاکے ڈال چکا تھا۔ علاقہ بھر کے لوگ تو اس کا نام سن کر تھر تھر کانپتے تھے۔ پولیس تک کی جرات نہ ہوتی تھی کہ۔۔۔

یہ تمہید کافی لمبی تھی۔ وہ یہ باتیں پہلے بھی اتنی مرتبہ دہرا چکا تھا کہ ہم اسے سن سن کر تنگ آ چکے تھے۔ لیکن نہ اسے ٹوکا جا سکتا تھا نہ اس کی تردید کی جا سکتی تھی، اب بھی لڑنے مرنے پر آمادہ ہو جاتا تھا۔ آخر وہ اصل قصے کی طرف متوجہ ہوا۔

"جس واقعہ کا میں اب ذکر کرنے والا ہوں، اس سے پہلے کئی روز کوئی مال ہاتھ نہ لگا تھا۔ یوں تو واہگورو کا دیا سب کچھ تھا، لیکن پھر زور بازو سے بھی بہت کچھ کمایا تھا۔ لیکن جسم میں جان تھی۔ طاقت کا استعمال بھی تو لازم تھا نا۔ ہاں بھئی چرن سنگھ تم تو تقریباً میری ہم عمر ہی ہو نا؟ تمہیں یاد ہے کیلاں کے گاؤں کے ارد گرد کا علاقہ کس قدر خطرناک سمجھا جاتا تھا۔"

"ہاں مجھے یاد ہے وہاں بڑے بڑے درختوں کے جھنڈ اور جھاڑیاں کوسوں تک چل گئی تھیں۔ جنگل ہی جنگل تھا۔"

مہنگا سنگھ نے پھر بات شروع کی۔" بڑا سنسان علاقہ تھا۔ وہاں یا تو بھیڑیے رہتے تھے یا ڈاکوؤں کی کمیں گاہیں تھیں۔ مجھے بھی بعض اوقات وہاں پناہ لینی پڑتی

تھی۔ ایک مرتبہ کافی عرصے تک وہاں چھپے رہنے کے بعد میں نے گھر جانے کی ٹھانی۔ مہینوں سے نہ گھر والوں کی مجھے اور نہ میری گھر والوں کو کوئی خبر رہی تھی۔ میں نے دو تین ساتھیوں کو تاکید کر دی کہ میں زیادہ سے زیادہ آٹھ دس روز تک لوٹ آؤں گا اور اگر میں اتنے عرصے کے اندر اندر واپس نہ آؤں تو سمجھنا کہ گرفتار ہو گیا ہوں پھر مجھے جیل سے چھڑانے کی تجویز کر لینا۔"

بابا مہنگا سنگھ نے اپنی ٹانگوں کو سہلاتے ہوئے قدرے سکوت کیا۔ "اپنے گاؤں تک چالیس کوس کا فاصلہ تھا۔ سوچا رات کو سفر کیا کروں گا اور دن کو کہیں چھپ رہوں گا۔ جنگل ختم ہوتے ہی پہلا گاؤں "کیلاں" تھا۔ رات آدھی سے زیادہ گزر چکی تھی۔ میرے ہاتھ میں ایک لمبا لٹھ اور کمر سے ایک ڈیڑھ فٹ کرپان لٹکی ہوئی تھی۔ یہ کرپان میں نے خالص لوہے کی بنوائی تھی۔ اس وقت مجھے سوائے جانوروں کے اور کسی کا خطرہ نہ تھا۔ کیلاں کے لوگ چونکہ بڑے خطرناک علاقے میں رہے تھے، اس لیے سردیوں میں تو شام پڑتے ہی گھروں گھس بیٹھتے تھے۔ میں مزے سے شبد گنگناتا، کھیتوں کے بیچ میں سے ہوتا ہوا چلا جا رہا تھا۔ دفعتاً میری نظر جو اٹھی تو ایک بہت عجیب منظر دکھائی دیا۔ کیلاں سے کئی کھیت ادھر درختوں کے جھنڈ کے پیچھے شمشان اور قبرستان ساتھ ساتھ کچھ اس انداز سے بنے ہوئے تھے کہ اگر گاؤں سے ایک طرف دیکھا جائے تو سوائے ان گھنے درختوں کے اور کچھ بھی دکھائی نہیں دیتا تھا۔ دیکھتا کیا ہوں کہ قبرستان میں تیز روشنی ہو رہی ہے۔ پہلے میں نے خیال کیا کہ ممکن ہے شمشان میں کوئی مردہ جلایا گیا ہو اور آگ ابھی جل رہی ہے۔ لیکن یہ روشنی کچھ اور ہی طرح کی تھی اور پھر لحہ بہ لحہ تیز ہو رہی تھی۔"

سب لوگ بلا آنکھیں جھپکائے مہنگا سنگھ کی طرف دیکھ رہے تھے۔ مہنگا سنگھ نے داڑھی پر ہاتھ پیرتے ہوئے قصہ جاری رکھا۔

"یہ روشنی دیکھ کر میرے دل میں کئی طرح کے خیالات پیدا ہوئے۔ ذرا غور کرنے کی بات ہے کہ ایسی سنسان جگہ، اندھیری رات، شدت کی سردی، ہر طرف خاموشی کا عالم۔۔۔ اور قبرستان میں بڑھتی ہوئی روشنی۔ پہلے میں نے سوچا، ہے منا! (اے دل) تجھے ان باتوں سے کیا لینا۔ سیدھا راستہ ناپتا چلا جا! تجھے منزل طے کرنی ہے۔ واہگورو کی باتیں واہگورو ہی جانے۔" لیکن دل کی تسلی نہ ہوئی اور میں نے سوچا دیکھوں تو سہی آخر معاملہ کیا ہے؟ لو بھائی! میں نے اپنا راستہ چھوڑ کر قبرستان کا رخ کیا قبرستان مجھ سے کافی فاصلے پر تھا۔ جوں جوں میں قریب پہنچ رہا تھا توں توں روشنی اور صاف نظر آنے لگی۔ قبرستان سے کچھ فاصلے پر وہیں رک گیا۔ گھنی جھاڑیوں میں نہ صرف آگ کی روشنی صاف صاف دکھائی دے رہی تھی۔ بلکہ وہاں کوئی چیز ہلتی ہوئی دکھائی دی۔ پہلے سوچا شاید میرا وہم ہو۔ چپ چاپ کھڑا دیکھتا رہا۔ یوں معلوم ہوا جیسے دو سینگ ہل رہے ہوں۔ میں قدم ناپتا درختوں کی اوٹ لیتا ہوا کچھ اور قریب پہنچا تو سر سے پاؤں تک بالکل سیاہ گائے دکھائی دی۔ آگ کا ایک آدھ شعلہ جھاڑی کے اوپر لپکتا ہوا دکھائی دے جاتا تھا۔ وہ سیاہ گائے، تنہا ویرانے میں کھڑی چڑیل کا روپ معلوم ہوتی تھی۔ میں نے ہمیشہ واہگورو اکال پرکھ بھروسہ کیا ہے۔ چنانچہ میں واہگورو کا نام لے کر اور آگے بڑھا پھر رک گیا۔ کچھ اس قسم کا شبہ ہو رہا تھا کہ وہاں کوئی اور ہستی بھی ہے۔ رات مکمل طور پر تاریک تھی۔ درختوں کے وہ حصے جہاں آگ کی روشنی نہیں پہنچ رہی تھی بڑے خوفناک دکھائی دے رہے تھے۔ میں

نے ایک نظر اپنے سر کے اوپر ڈالی، ٹہنیوں پر بھی ڈالی کہ کہیں وہاں کوئی چھپا ہوا نہ بیٹھا ہو۔"

ہم لوگ اس کی آواز کی گونج اور الفاظ کے جادو سے بت بنے ہوئے بیٹھے تھے۔ حاضرین میں سے کسی کے منہ سے تھرتھراتی ہوئی آواز نکلی۔ "پھر تم نے کیا دیکھا؟"

"میں پھونک پھونک کر قدم رکھ رہا تھا۔ ایک درخت کی اوٹ سے دوسرے درخت کی اوٹ تک انتہائی احتیاط تک چلتا ہوا میں بالکل قریب پہنچ گیا۔ میں نے زندگی بڑے بڑے ویرانے میں بسر کی ہے۔ کئی عجائبات دیکھنے میں آئے لیکن جو منظر وہاں دیکھا وہ مرتے دم تک نہ بھولوں گا۔ گائے کے قریب ایک قبر کے پاس بڑا سا چولہا بنا ہوا تھا اس میں آگ جل رہی تھی۔ کچھ برتن پڑے تھے۔ پانی کا ایک کورا مٹکا۔۔ ان سب چیزوں کے درمیان ایک عورت۔"

"عورت۔؟" سب کے حلق سے نکلا۔

"ہاں عورت۔! بیس اکیس برس کے قریب ہو گی۔ اس قدر حسین اور پرشباب کہ زبان بیان نہیں کر سکتی۔ میں تو اسے دیکھ کر ہکا بکا رہ گیا۔ سوچا نہ معلوم یہ پری ہے سچ مچ کی یا چڑیل نے پری کا روپ دھارا ہے۔ درخت کے تنے کے ساتھ لگا ہوا میں چپ چاپ اسے دیکھتا رہا۔ سوچنے کی بات ہے کہ ایسی کالی رات کو آبادی سے پرے، ویرانے، بلکہ قبرستان میں کسی نوجوان اور حسین عورت کی یہ جرات کیوں کر ہو سکتی تھی۔ میں نے دل میں کہا کہ دیکھیں، اب یہ عورت کیا کرتی ہے۔ اس نے میرے دیکھتے دیکھتے چولہے میں اور لکڑیاں ڈال دیں۔ آگ بھبھک اٹھی۔ پھر اس

نے سر سے دوپٹہ اتار دیا۔ اس کے سیاہ بال دکھائی دینے لگے۔ اس نے مینڈھیوں کو کھولا اور پھر ساری چوٹی کھول کر بال بکھرا دیے اور روئی کی صدری کے بٹن کھولنے لگی۔ صدری کے نیچے ایک مخملی واسکٹ پہن رکھی تھی۔ اس کے بٹن کھول کر اسے بھی اتار دیا اور جب اس نے قمیض کے بٹن کھولنے شروع کیے تو میرا دل دھڑکنے لگا۔ واہگورو! واہگورو!۔۔۔ بٹن کھولنے کے بعد الٹا کر قمیض کو بھی اتار دیا۔ اب اس کے اوپر والے حصے پر ایک تار نہیں تھا۔ آپ لوگ میری حیرانی کا اندازہ بخوبی لگا سکتے ہیں۔ اس وقت مجھے بھی ارد گرد کی کچھ خبر نہ رہی۔ دل دھڑک رہا تھا نہ معلوم یہ عورت کیا کرنے کو ہے۔ میں ایک بچے کی سی حیرانی کے ساتھ اس کی طرف دیکھتا رہا اور اب جو اس نے اپنی شلوار کا ازار بند کھینچا تو میں نے منہ دوسری طرف پھیر لیا۔ چند لمحوں تک میری حالت کچھ عجیب سی ہو گئی۔ میں نے سمجھا کہ یہاں ضرور بھوتوں اور چڑیلوں کا مسکن ہے اتنے میں پانی گرنے کی آوازیں آنے لگیں۔ میں نے جھجھکتے ہوئے اس طرف نظر ڈالی تو عورت نے پانی کا مٹکہ کالی گائے کے سر پر سینگوں میں پھنسا کر رکھ دیا تھا۔ ایک ہاتھ سے اس نے مٹکہ تھام رکھا تھا۔ دوسرے سے لوٹے بھر بھر کر پانی اپنے بدن پر ڈال رہی تھی۔ نہا کر اس نے ایک چادر سے بدن پونچھا۔ بغیر کپڑے پہنے اس نے ایک رنگین ٹوکری میں سے زیور نکال کر پہنے شروع کر دیے۔ انگوٹھیاں، گوکھرو، چونک، توبیڑیاں، کنٹھا، بازوبند، بالیاں، غرض وہ سر سے پاؤں تک سونے سے زرد ہو گئی۔"

ہم میں سے ایک نے کہا۔ "ایسی سردی میں اس نے کپڑے نہیں پہنے۔"

"نہیں۔ یہی تو حیرانی کی بات ہے۔ اب اس نے ایک چھوٹی سی رکابی سے کپڑا

سر کایا اس میں گندھا ہوا آٹا تھا۔ چولہے پر توا رکھا اور آٹے کو پراٹھے کے انداز میں لپیٹ کر توے پر ڈال دیا۔ اور اسے گھی میں تلنے لگی۔"

اب میں سوچنے لگا کہ مجھے کیا کرنا چاہیے میں نے سنا تھا کہ پریوں کی کمر کا پچھلا حصہ کھوکھلا ہوتا ہے۔ یعنی ریڑھ کی ہڈی نہیں ہوتی۔ دوسرے بھوتوں کا سایہ نہیں ہوتا۔ اور اس عورت کا سایہ صاف نظر آرہا تھا اور پھر ہر چیز اس قدر واضح تھی کہ میں نے سمجھ لیا کہ دال میں کچھ کالا ہے ایک تو بھوت چڑیواں پر میرا یقین نہیں تھا لیکن اس عورت کا واقعہ اس قدر عجیب تھا کہ یقین نہ آتا تھا کہ ایک کمسن اور حسین عورت ایسی سنسان جگہ پر آنے کی جرات کر سکتی ہے۔ خیر !اب میں نے قدم بڑھایا اور اس چند قدم پر کھڑی ہوئی گائے کی پیٹھ سے ٹیک لگا کر کھڑا ہو گیا۔ گائے کے جسم کو چھو کر میرا یقین پختہ ہو گیا کہ یہ کوئی غیر معمولی ہستی نہیں ہے۔ اب میں کھڑا ہوا ہی تھا کہ اس عورت کی نظر میرے پاؤں پر پڑی اور پھر دفعتاً اس نے نگاہ اٹھا کر میری طرف دیکھا۔ اب دفعتاً اس کی صورت مسخ ہو گئی، باچھیں چر گئیں، دانت چمکنے لگے، نتھنے پھیل گئے اور آنکھیں جیسے ابل پڑیں۔ ہاتھوں کی انگلیوں میں تشنج کی سی کیفیت پیدا ہو گئی۔ اور وہ بال پھیلائے ہوئے "کلیجہ کھالوں گی۔ کلیجہ کھالوں گی" کہتی ہوئی میری طرف جھپٹی۔ اس کی آواز سن کر مجھے تسلی ہو گئی کہ یہ کوئی عورت ہے، چڑیل نہیں۔ جوں ہی وہ میرے قریب پہنچی۔ میں نے مسکرا کر اس کے دونوں ہاتھ پکڑ لیے۔ وہ وحشیوں کی طرح ہاتھ کاٹنے لگی میں نے زور سے اسے پیچھے کی طرف دھکیل دیا۔ وہ گرتے ہی پھر اٹھ کر مجھ سے گتھم گتھا ہو گئی۔ اس عورت میں بلا کی طاقت تھی۔ لیکن ظاہر تھا ہم دونوں کا کوئی مقابلہ ہی نہ ہو سکتا تھا۔ میں نے تنگ

آکر اس کے بالوں کو پکڑ کر خوب جھنجھوڑا اور اس کی پیٹھ پر دو تین دھپ بھی مارے۔ لیکن صرف اتنی زور سے جو اس کی قوت برداشت سے باہر نہ ہوں۔ پھر میں نے اس کی نازک گردن کو اپنی لمبی انگلیوں کی گرفت میں لے کر کہا۔ "دیکھو، اگر ایسی چھچھوری حرکتیں کروگی تو میں تمہیں جان سے مار ڈالوں گا۔" وہ بیچاری تھک کر کانپ رہی تھی۔ میں نے اسے پرے دھکیل کر کہا۔ "ذرا وہاں کھڑی ہو کر بات کرو مجھ سے۔"

اب اسے بھی اس بات کا یقین ہو گیا کہ میں اس کی حقیقت سمجھ چکا ہوں۔ اس لیے زیادہ حیل وحجت فضول تھی، دفعتاً اس نے چادر اٹھائی اور اپنے جسم پر لپیٹ لی او راس کی آنکھیں نیچے جھک گئیں۔ میں نے اصل مقصد جاننے کی کوشش کی۔ وہ زمین کی طرف دیکھتی رہی اور جھجک جھجک کر باتیں کرتی رہی۔ اب اسے مجھ سے ڈر معلوم ہوتا تھا۔ اس کی باتوں سے ظاہر ہوا کہ چار برس پہلے ایک ساہوکار سے اس کی شادی ہوئی تھی۔ لیکن اب تک وہ اولاد کے لیے ترس رہی تھی اور اس کا شوہر دوسری شادی پر تلا ہوا تھا۔ ادھر یہ پریشان تھی، آخر ایک بوڑھی عورت نے اسے یہ نسخہ بتایا تھا کہ کالی گائے کے سر پر پانی کا مٹکا رکھ کر قبرستان میں اشنان کر اور وہیں سے ایک پر انٹھا پکار کر لا اور کسی اولاد والی عورت کو کھلا دے تو اس کے بچے مر جائیں گے اور تیرے گھر اولاد ہو گی۔ میں نے یہ سنا تو قہقہہ مار کر ہنسا۔ اس وقت گہنوں سے لدی ہوئی وہ عورت آگ کی روشنی میں بہت حسین دکھائی دے رہی تھی۔ میں نے آگے بڑھ کر اس کے رخسار کو چھوا۔ وہ فوراً پیچھے ہٹ گئی۔ کیسی نرم جلد تھی اس کے چہرے کی اور کس قدر بھولی صورت تھی اس کی۔

اس نے خفگی کا اظہار کرتے ہوئے کہا۔ "تمہیں معلوم ہونا چاہیے کہ میں ایک شریف گھرانے کی عورت ہوں۔"

میں نے ہنس کر کہا۔ "مجھے معلوم ہے کہ تو شریف عورت ہے لیکن اے نیک بی بی۔ میں بھی بھلے خاندان کا آدمی ہوں۔ پرائی استری کی طرف بری نیت سے دیکھنا پاپ سمجھتا ہوں۔ گرو کا دیا کھاتا ہوں۔ انتہائی مجبوری کے سوا کسی پر بھی ہاتھ نہیں اٹھاتا۔ اس لیے تو خاطر جمع رکھ۔ لیکن یہ بات سن لے کہ تو نے جو طریقہ اولاد حاصل کرنے کا اختیار کیا ہے۔ یہ بہت بڑا پاپ ہے۔ کسی کا برا چاہنا بھلے آدمی کا کام نہیں ہے۔ بڑے بڑے رشیوں، گروؤں، نبیوں، غرض کسی نے بھی اولاد حاصل کرنے کا یہ طریقہ نہیں بتایا جو تو اختیار کر رہی ہے۔

یہ کہہ کر میں نے کچھ داڑھی کو سنوارا۔ کچھ پگڑی کو درست کیا۔ انگوچھے سے منہ اور بازوؤں کی گرد پونچھی۔ اور بھئی میں خاصا کڑیل جوان تھا۔ وہ مسکرادی۔"

بابا مہنگا سنگھ خاموش ہو گئے۔ ہم نے کہا۔ "باباجی اس کے بعد کبھی تم نے ملنے کی کوشش کی۔؟"

"ہاں، لیکن پھر ملاقات نہیں ہوئی۔ معلوم ہوتا ہے کہ پھر اسے میری ضرورت ہی نہیں رہی ہو گی۔ اور یہ بھی ہو سکتا ہے کہ وہ مجھ سے خفا ہو گئی ہو۔"

"کیا تم نے کوئی خفگی کی بات کی تھی۔"

"نہیں۔ اسے میری کوئی حرکت ناپسند نہیں تھی۔ البتہ جب وہ جانے لگی تو میں نے اس کا کنٹھا پکڑ لیا۔ وہ حیران سی رہ گئی۔ بولی "تمہارا مطلب؟" میں نے جواب دیا کہ اس سے پہلے تو میرا کوئی مطلب ہی نہیں تھا۔ میرا اصل مطلب یہی ہے۔ اس

نے کہا کہ اکیلی جان کر میرے زیوروں پر ہاتھ ڈال رہے ہو۔ میں نے جواب دیا۔ "جتنے آدمیوں کے سامنے کہو تمہارے زیورات اتار لوں۔ اسے میری یہ تجویز پسند نہیں آئی چنانچہ اس نے سارے زیورات میرے حوالے کر دیے۔"

یہ کہہ کر بابا جی نے سر جھکا لیا۔ اور پھر جیسے گم ہو گئے۔ ایک بزرگ بولے۔ دیکھا ایسی پاجی ہوتی ہیں، عورتیں۔۔۔"

لیجئے، میں دل میں سوچنے لگا۔ ماروں گھٹنا پھوٹے آنکھ، اس قصے کا کیا ہی شاندار اخلاقی نتیجہ نکالا گیا ہے۔ سب لوگ آپس میں عورتوں کی بدمعاشی اور ان کی چالاکی پر رائے زنی کرنے لگے۔ لیکن بابا جی آنکھیں نیم وا کیے چپ چاپ بیٹھے رہے۔

"باہگورو! باہگورو!! ان کے لب ہلے۔

میں نے انہیں افسردہ دیکھ کر پوچھا۔ "بابا جی! آپ نے جو اس عورت کے زیورات اتار لیے غالباً آپ کو اسی بات کا دکھ ہو رہا ہے اس وقت!"

بابا جی کے بھاری پپوٹے ہلے، اور انھوں نے میری طرف پریم بھری نظروں سے دیکھتے ہوئے سرد آہ کھینچی اور بولے۔ "نہیں، مجھے اس کا دکھ نہیں، لیکن دکھ اس بات کا ہے کہ پچاس برس گزرنے کو آئے واہگورو اکال پرکھ نے مجھے ایسا موقع پھر کبھی نہیں بخشا۔"

***

۶

علی! علی!

لگ بھگ پینتیس برس پہلے کا پنجاب۔۔۔

یہ اسی دور کے پنجاب کی ایک سچی کہانی ہے۔

ان دنوں پنجاب کے دیہات میں بہت سی عام کہاوتوں میں سے ایک کہاوت یہ بھی تھی کہ مرد ہمیشہ شراب یا عورت کے باعث ہی پولیس کے چنگل میں پھنستا ہے۔

کم از کم ورسا سنگھ کے معاملے میں یہ کہاوت واقعی درست ثابت ہوئی۔

ایک پورن ماشی کی رات کو وہ اپنے گاؤں سے دس کوس دور موضع ٹنڈے گورو میں اپنی محبوبہ روپی سے ملنے کے لیے گیا۔

یہ ملاقات گاؤں سے باہر رہٹ کے قریب والے طویلے میں ہوئی۔ چاروں طرف پھیلے ہوئے کھیت، رہٹ اور طویلہ روپی کے باپ کی ملکیت تھے۔ پریمی سے ملاقات کا یہ سنہرا موقع تھا۔ اس کا باپ اور بھائی ریڑھی (یعنی صندوق نما گھوڑا گاڑی) میں شہر گئے ہوئے تھے۔ آدھی رات سے پہلے ان کے لوٹ آنے کا امکان نہیں تھا۔ پارو، روپی کی سہیلی ہی نہیں منہ بولی بہن بھی تھی۔ اس قسم کی ملاقاتیں

کرانے میں اسی کا ہاتھ ہوتا تھا۔ اب بھی جب کہ دو محبت کے مارے دل طویلے کے اندر دکھ سکھ کی باتیں کر رہے تھے، باہر پارو رہٹ کی گادھی (گدّی) پہ بیٹھی بیلوں کو ہانک رہی تھی۔ رہٹ کے اوپر پھیلے ہوئے برگد کے پیڑ کی چھتر چھایا تھی۔ ذرا فاصلے پر صرف رہٹ کی روں روں کا شور سنائی دیتا تھا۔ پارو نظر نہیں آتی تھی۔ البتہ اس کی بڑی بڑی اور تیز آنکھیں پھیلی ہوئی چاندنی میں دور دور تک دیکھ سکتی تھی۔ درحقیقت وہ اسی لیے رہٹ کی گادھی پر بیٹھی ہوئی بھی تھی۔

دو ڈھائی فرلانگ دور گاؤں گوبر کے بڑے سے ڈھیر کی طرح دکھائی دے رہا تھا، دیواروں کے سائے تلے نظر نہ آنے والے کتوں کے بھونکنے کی آوازیں سنائی دے رہی تھیں۔

پریمیوں کا جوڑا تو مگن تھا ہی، لیکن پارو بھی کسی نامعلوم جذبے کے تحت گنگنا رہی تھی۔۔۔ یکایک اس نے گنگنانا بند کر دیا اور وہ ٹکٹکی باندھ کر مغرب کی طرف دیکھنے لگی۔ ایک گھوڑ سوار تھا اور اس کے ہمراہ دو آدمی اور بھی تھے۔ چند لمحوں کے بعد صورتِ حال واضح ہو گئی، وہ تینوں پولیس کے آدمی تھے۔

باتوں باتوں میں ایک روز ورسا سنگھ کی زبانی اسے پتہ چلا تھا کہ پولیس اس کی تاک میں ہے چنری سنبھالتے ہوئے پارو رنگین چڑیا کی طرح لپک کر طویلے کے اندر گھس گئی۔ اسے دیکھتے ہی۔ ورسے نے پیار سے دبوچے ہوئے۔ روپی کے ہاتھ چھوڑ دیئے اور ابرو چڑھا کر پوچھا۔ "کیا بات ہے، پارو؟"

"پُلس!"

پولیس کا نام سنتے ہی روپی کی روشن پیشانی ملگجی سی ہو گئی۔ مگر اس کے پریمی نے

فخر سے نتھنے پھلالئے۔ اگر کسی قابلِ فخر جوان کی پولیس سے چھیڑ چھاڑ نہ ہو تو یہ اس کے لیے سبکی کی بات تھی۔

"کیا وہ تمھیں پکڑنے کے لیے آ رہے ہیں؟ روپی نے سرمگیں آنکھیں ورسے کے چہرے پر جماتے ہوئے پوچھا۔

"تو کیا ہوا؟ تم کیوں گھبرا گئیں؟ میں نے ڈاکہ نہیں ڈالا، کسی کا کتل نہیں کیا۔"

"تو پھر؟"

"پچھلے بیساکھی کے میلے میں تھوڑی فوجداری ہو گئی تھی۔ اسی وکت سے یہ میرے پیچھے پڑے ہیں۔"

"اب وہ تمھیں پکڑ کر لے جائیں گے، حوالات میں بند کر دیں گے۔"

"تم بھی بڑی بھولی ہو۔ میں ان کے ہاتھ آنے والا نہیں ہوں۔"

پارو بولی۔ "ایک گھڑ سوار بھی تو ہے میرے کھیال میں وہ تھانے دار ہے اس الاکے کا۔"

"چھوڑو ان باتوں کو۔ روپی! اب میں آج سے چوتھے دن ملوں گا تم سے۔"

"درواجے سے نکلو گے تو پولیس والے دیکھ لیں گے۔۔۔"

ورسے کی نظر پچھواڑے والی کھڑکی کی جانب اٹھ گئی۔ جہاں لوہے کی سلاخوں کی بجائے لکڑی کی خاصی موٹی بلّیاں جڑی ہوئی تھیں۔ اور پھر بولا۔ "چنتا مت کرو۔۔۔ ایک بار میں اپنے گاؤں پہنچ گیا تو پھر تھانے دار مجھے نہیں پا سکے گا۔"

"تمہارا گاؤں بھی تو یہاں سے دس کوس کی دوری پر ہے۔" روپی دھڑکتے ہوئے دل سے بولی۔

"ہے تو!" یہ کہہ کرور سے نے کھڑکی کی چوبی بلیوں کو ایک لات رسید کی۔

گھوڑے کی لگام کھینچ کر تھانے دار سرداری لال طویلے سے ایک فرلانگ ادھر ہی رک گیا۔ وہ جھنگ مگھیانے کے علاقے کا رہنے والا تھا۔ اسی لیے گورا چٹّا ہونے کے علاوہ وہ عظیم الجثہ بھی تھا۔ علاقے بھر میں اس کے دبدبہ بلکہ دہشت کا دور دورہ تھا۔ مگر حقیقت میں سخت گیر ہونے کے باوجود وہ اُجڈ نہیں تھا۔ عام تھانے داروں کی طرح وہ اس چیز سے کورا نہیں تھا جسے 'شے لطیف' کہا جاتا ہے۔

رکاب کے قریب کھڑا ہوا ایک سپاہی بولا۔ "سرکار! ورسا 'درشنی جوان' ہے۔ اونچا لمبا، اور غضب کا پھرتیلا۔ دوڑنے میں ان کے جوڑ کا جوان علاقے بھر میں نہیں مل سکتا۔ اگر ایک بار وہ طویلے سے نکل بھاگا تو پھر ہم اس کی دھول کو بھی نہیں پا سکیں گے۔"

تھانے دار سرداری لال نے گھوڑے کو ہلکی سے تھپکی دی اور بس مسکرا دیا۔ اُدھر اس کا چاق وچوبند گھوڑا کنوتیاں پھڑکا رہا تھا۔ ادھر اس کی کلاہ دار پگڑی کا اوپر کو اٹھا ہوا شملہ ہوا کے سبک جھونکوں میں لہرا رہا تھا۔

پارو کی غیر موجودگی میں بیلوں کو ہانکنے والا کوئی نہ رہا تو وہ رک گئے۔ روں روں کی آواز کی جگہ خاموشی نے لے لی۔ پھیلے ہوئے برگد کے سائے تلے رہٹ اور قریب والے طویلے پر پُراسرار خاموشی طاری تھی۔

چند لمحوں کے تامل کے بعد سرداری لال گھوڑے کو ایڑ لگانے ہی کو تھا کہ ایک سپاہی نے اس کی پنڈلی کو دبا کر انگلیسے ایک جانب اشارہ کیا۔

چاروں طرف چاند کی چاندنی چنبیلی کی بھینی بھینی خوشبو کی طرح پھیلی ہوئی

تھی۔ طویلے کے پچھواڑے سے ایک لمبا لہراتا ہوا سایہ دکھائی دیا، جس نے کھلی جگہ پر پہنچ کر ایک سجیلے جوان کا روپ دھارن کر لیا۔

"یہی ہے ورسا سنگھ!" ایک سپاہی نے سرگوشی میں کہا۔

گھوڑے، اور اس پر سوار تھانے دار کے حساس نتھنے پھڑ پھڑائے۔ ظاہر تھا کہ دونوں میں سے ایک بھی سپاہی دوڑ کر ورسے کو پکڑ لینے کا تصور تک نہیں کر سکتا تھا۔

سرداری لال نے بلند آواز میں کہا۔ "ورسیا! میں اس علاقے کا تھانے دار ہوں۔۔۔ میں یہاں تمھیں پکڑنے کے لیے آیا ہوں۔"

ورسا گویا ایک جگہ پر بالکل بت بنا کھڑا تھا۔ وہ جوں کا توں کھڑا رہا۔۔۔ اس نے مسکرا کر تمسخر آمیز لہجے میں جواب دیا۔ "پکڑنے کے لیے آئے ہو تو پکڑ لو۔ اس میں کہنے سننے کی بھلا کیا بات ہے؟"

طیش میں آنے کی بجائے سرداری لال کو ہنسی آگئی۔ اس نے سپاہیوں سے مخاطب ہوتے ہوئے کہا۔ "اصل اجڈ جاٹ نظر آتا ہے۔"

ایک سپاہی بولا۔ "حضور، اس طرح طنطنے سے بولنا ان لوگوں کی عادت ہے۔۔۔ ویسے نہتا ہے۔ لاٹھی تک نہیں ہے اس کے پاس۔"

ورسا جیسے ان کی موجودگی سے قطعاً بے پروا ہو کر وہاں سے چل دیا۔ یہ جانتے ہوئے بھی کہ اسے جا پکڑنا ان کے بس کی بات نہیں تھی۔ محض اپنا فرض پورا کرنے کے خیال سے سپاہیوں نے قدم آگے بڑھائے۔

حدِ نگاہ تک ہرے بھرے کھیت لگے ہوئے تھے۔ ان میں بہت سے کھیت ایسے بھی تھے جن میں اُگے ہوئے نرم و نازک پودے بالشت، ڈیڑھ بالشت سے

زیادہ بلند نہیں تھے۔ ان کھیتوں کے درمیان کسی طویل اژدہے کی طرح چوڑا سا کچا راستہ بل کھایا ہوا دکھائی دے رہا تھا۔ ایسے راستے کو مقامی زبان میں پیہا کہا جاتا تھا۔

ایک جست لگا کر گھوڑا آگے بڑھ گیا تو سپاہیوں کے قدم رک گئے۔ مگر تھانے دار نے گھوڑے کو دوڑایا نہیں۔ آگے آگے ورسا اپنی لمبی لمبی مضبوط ٹانگوں سے لمبے لمبے ڈگ بھرتا چلا جا رہا تھا اور پیچھے پیچھے تھانے دار گھوڑے کو عام رفتار سے بڑھائے لیے جا رہا تھا۔ اسے اطمینان تھا کہ جب چاہے گا ورسے کو جا ملے گا۔

اِدھر شہ سوار شکاری کتّے کی طرح چاق و چوبند اور ارادے کا پکا نظر آتا تھا، اُدھر ورسا پلے ہوئے جنگلی بلے کی طرح نڈر اور بے نیاز دکھائی دے رہا تھا۔

جیسے جیسے گھوڑے کی رفتار بڑھتی گئی ورسے کے قدم بھی تیز ہوتے گئے۔ سرداری لال کے ہونٹوں پر ابھی تک طنز آمیز مسکراہٹ تھی اس کی سمجھ میں نہیں آ رہا تھا کہ یہ بے وقوف کب تک ایک شہ سوار کی زد اور گرفت کے باہر ہو سکے گا۔۔۔

کچھ دور جانے کے بعد تھانے دار نے سوچا کہ یہ تماشا کافی ہو چکا۔ اس نے ایڑ لگا کر گھوڑے کو دلکی چال پر ڈال دیا۔

ورسا کن انکھیوں سے پیچھا کرنے والے کا جائزہ لے رہا تھا، اس نے بھی اپنی رفتار تیز کر دی۔ اس طرح وہ پیہے، میں سرپٹ دوڑنے لگا۔ آس پاس کے پیڑوں پر غنودگی میں ڈوبے ہوئے پرندے چونک پڑے اور چونچیں بڑھا بڑھا کر یہ انوکھا منظر دیکھنے لگے۔

تھانے دار نے گھوڑے کو پوری رفتار سے دوڑا دیا۔ پیہا چوڑا تو تھا لیکن اس کی

زمین برابر نہیں تھی، اس میں کبھی ایک پگڈنڈی دکھائی دی اور کبھی زمین کی ساخت کے مطابق وہ پگڈنڈی کئی پگڈنڈیوں میں تقسیم ہو جاتی اور اس کے بعد قینچیوں کی طرح، ایک دوسرے کو کاٹتی ہوئی پگڈنڈیاں سمٹ کر پھر ایک ہو جاتیں۔ ورسا پگڈنڈیوں کی اس انوکھی ساخت کا پورا پورا فائدہ اٹھا رہا تھا۔ لیکن گرانڈیل گھوڑے کو چاند کی روشنی میں خاصی مشکل پیش آ رہی تھی۔ تاہم گھوڑا بہر حال گھوڑا ہوتا ہے۔ ان دونوں کے درمیان فاصلہ دم بہ دم کم ہونے لگا تو یکایک ورسا دائیں کو مڑ کر کھیتوں میں ہو لیا۔

کھیتوں کی زمین اور بھی زیادہ اوبڑ کھابڑ تھی۔ گھوڑے کیا، گھڑ سوار کی چولیں بھی ہلنے لگیں۔

یہ دوڑ بھی کافی دور تک جاری رہی۔ ان کے درمیان فاصلہ پھر کم ہونے لگا۔ ٹھیک اسی وقت گھڑ سوار کو اونچے مقام سے لگ بھگ دو فرلانگ کے فاصلے پر ابھری ہوئی زمین کے دو خطوط دکھائی دینے لگے۔ وہ خطوط کئی فٹ چوڑی نہر کی پٹڑی کے تھے۔ امید کی کرن سرداری لال کی آنکھوں میں رقص کرنے لگی۔ اب ورسے کا رک جانا ناگزیر تھا۔ مگر اس کی حیرت کی انتہا نہ رہی جب اس نے دیکھا کہ ورسے کی رفتار میں کمی آنے کی بجائے اور بھی تیزی آ گئی۔ نہر کے اس طرف کی پٹڑی پر پہنچ کر وہ عظیم الجثہ پرند کی طرح ہوا میں اٹھا اور نہر کے پاٹ کو صاف پار کر گیا۔

سرداری لال نے جھنجھلا کر ایک جھٹکے کے ساتھ لگام کھینچی۔ گھوڑا سٹپٹا کر ٹاپیں زمین پر پٹخنے لگا۔

ورسا ذرا دیر تک اس پار والی پٹڑی پر کھڑا زور زور سے سانس لیتا رہا۔ پھر اس

نے ہاتھ اٹھا کر اشارہ کرتے ہوئے پکار کر کہا: "تھانے دار جی! پل اوس پاس (اس طرف) ہے۔ آپ ادھر سے آیئے۔ ایتے (اتنے میں) میں بھی دم لے لوں۔"

دل ہی دل میں سرداری لال زچ تو ہوا، مگر اس نے سوچا کہ منزل ابھی دور ہے، بھلا یہ تھکا ہارا بھگوڑا کب تک میرے ہاتھ نہیں آئے گا۔ چنانچہ وہ لگ بھگ تین فرلانگ کی دوری پر واقع پل کی جانب بڑھ گیا۔

پل پار کر کے وہ ورسے کی طرف لوٹا۔ نگاہ اٹھائی تو ورسا وہیں جما کھڑا تھا۔ ایک فرلانگ کا فاصلہ باقی رہ گیا تو ورسا بارہ سنگھے کے سے تیور دکھاتا ہوا پھر کھیتوں میں جا گھسا۔

چاروں طرف ہو کا عالم تھا۔ اب تو دور دور تک کوئی پیڑ بھی دکھائی نہیں دے رہا تھا۔

سرداری لال نے دانت پیس کر ایک بار پھر گھوڑا مفرور کے پیچھے ڈال دیا۔

دوڑتے دوڑتے ایک دم ورسے نے اصیل مرغ کی طرح سینہ پھلا کر سر پیچھے کو پھینکا، پگڑی کا اٹھا ہوا شملہ لہرا اٹھا اور اس نے زور سے نعرہ لگایا: "ایلی! ایلی!!

در حقیقت یہ 'علی! علی!' کا نعرہ تھا۔ ان دنوں غیر مسلم پہلوان اور دھاکڑ، جوان وجہ تسمیہ جانے بغیر 'ایلی! ایلی!' کے نعرے لگایا کرتے تھے۔

ورسے کا یہ طنطنہ دیکھ کر سرداری لال کو بڑے زور کا تاؤ آیا، اس نے گھوڑے کو اندھا دھند دوڑا دیا۔

ورسے کی غیر معمولی لمبی قینچی جیسی ٹانگوں تلے دھرتی گویا کٹتی چلی جا رہی تھی۔ گھوڑے کے تڑاتڑ بجتے ہوئے سموں کے نیچے سے یا تو ڈھول کے پٹاخے چھوٹ

رہے تھے یا ان کی جھپٹ میں آئے ہوئے نرم نازک پودے جڑ سے اکھڑ کر ادھر اُدھر جا رہے تھے۔ یہاں تک کہ ورسے کو اپنی گدی پر گھوڑے کے دھونکنی جیسے نتھنوں سے نکلنے والے گرم گرم ہوا کے چابک سے برستے محسوس ہونے لگے۔

سرداری لال نے پنجہ بڑھا کر گھوڑے کو اور بھی زور کی ایڑ دی۔

پلک جھپکتے میں ورسا نیچے کو جھکا۔ اس نے بھر بھری مٹی کا ایک بڑا سا ڈھیلا اٹھایا اور پلٹ کر پوری قوت سے گھوڑے کی تھوتھنی پر دے مارا۔

ڈھیلا گولے کی طرح پھٹا، کچھ دھول گھوڑے کے نتھنوں میں نسوار کی طرح چڑھ گئی اور کچھ اس کی آنکھوں میں گھس گئی۔ گھوڑا زور سے ہنہنایا، پھر چھ سات قدم پیچھے کو سرکتا چلا گیا اور اس کے بعد پچھلی ٹانگوں پر کھڑا ہو کر اگلی دوٹاپیں اٹھا کر ہوا سے لڑنے لگا۔

ورسے نے رفتار کچھ دھیمی کر دی، لیکن وہ رکا نہیں۔ اس کی اس جوابی کارروائی کا نتیجہ یہ نکلا کہ ان دونوں کا درمیانی فاصلہ پھر بڑھ گیا گھوڑے کو سنبھلنے میں کچھ وقت لگ گیا۔

ایک بار پھر ورسے نے اپنے طویل بازو پھیلا کر آسمان کی طرف اٹھا دیے اور اسی رفتار سے بھاگتے ہوئے بھرپور آواز میں نعرہ لگایا:

"ایلی! ایلی!!"

تعاقب اسی انداز سے جاری رہا۔ جب سرداری لال کا گھوڑا بہت قریب آجاتا تو ورسا بھر بھری مٹی کا ڈھیلہ اس کی تھوتھنی پر دے مارتا۔ تھانے دار خود دوڑ کر ورسے کو پکڑ نہیں سکتا تھا، اور گھوڑا اب بدکنے لگا تھا۔ بے چارے جانور کی سمجھ میں

نہیں آتا تھا کہ اچانک اس کی تھوتھنی سے کیا چیز ٹکرا کر پھٹتی ہے اور پھر اس کی آنکھوں اور نتھنوں کا برا حال ہو جاتا ہے۔

ستاروں بھرے آسمان کے تلے اور ہری بھری زمین کے اوپر خدا کے یہ دو بندے یہ انوکھی دوڑ لگا رہے تھے۔ پھر تو نوبت یہاں تک آئی کہ جب گھوڑا ورسا کے بہت قریب پہنچ جاتا تو اس کی رفتار خود بخود کم ہو جاتی اور وہ کنّی کترانے لگتا۔ اس طرح ہوتے ہوئے فاصلے کچھ زیادہ ہی بڑھ گئے۔ ورسے کا گاؤں بھی نزدیک آ گیا۔ اب اسے دوڑنے کی ضرورت نہیں رہی تھی۔ وہ ساری دھرتی کے حکمراں کی سی شان کے ساتھ اطمینان سے چلنے لگا۔ گھوڑا بھی تھک ہار کر دوڑنے سے معذور ہو چلا تھا۔

اپنے گاؤں کے کچھ ادھر ورسا رک گیا اور ببول کے ایک اونچے پیڑ کے نیچے تنے سے پشت لگا کر کھڑا ہو گیا۔ جب گھڑسوار اس کے برابر میں پہنچا تو وہ مسکرا کر بھاری آواز میں بولا۔ "تھانے دار! آکھر تم نے مجھے پکڑ ہی لیا۔"

سرداری لال رکا اور ورسے کے چہرے کی طرف ٹکٹکی باندھ کر دیکھتا رہا۔ خود اس کے چہرے سے بھی اب مایوسی، غصہ یا جھلّاہٹ کے آثار دور ہو چکے تھے۔ ان جذبات کی جگہ اس کے ہونٹوں پر ایک عجیب سی مسکراہٹ کھیل رہی تھی۔

وہ گھوڑے سے اتر پڑا اور پھر یکایک جانے کیا ہوا کہ اسے ہنسی آ گئی۔ اس ہنسی نے قہقہوں کا روپ دھار لیا، خنک اور سہانی فضا کی خاموشی میں ان دونوں کے قہقہے۔ بلند مردانہ قہقہے کی طرح گونجنے لگے۔ آخر سرداری لال نے ہاتھ بڑھایا اور ورسے کے ہاتھ کو دباتے ہوئے بولا۔ "ورسیا! تمھیں گرفتار کرنے کے لیے اب میں

پھر کبھی آؤں گا۔"

ورسا ایک بار پھر ببول کے تنے سے ٹیک لگا کر چاند کی روشنی میں گھڑ سوار کو واپس جاتے دیکھتا رہا۔ تھوڑی دور جا کر سوار نے ایک نظر پیچھے کی طرف ڈالی، سینہ پھلایا، سر پیچھے کی طرف پھینکا اور پھیپھڑوں کی پوری قوت سے بلند آواز میں نعرہ لگایا۔ "ایلی! ایلی!!"

***

۷

دودھ بھری گلیاں

شام کی سرمئی زلفیں آسمان کی بے کراں وسعتوں میں لہرا گئیں۔

وہ اپنے مکان سے باہر نکلا۔ اس نے تنگ و تاریک اور غلیظ گلی کی نانک شاہی اینٹوں کی بنی ہوئی اونچی دیواروں کے بیچ میں سے دم بدم چمک کھوتے ہوئے عمیق آسمان کی جانب دیکھا۔ آڑی ترچھی سرخ لکیروں کے باعث آسمان کا چوڑا سینہ تلواروں اور چھریوں کے گھاؤ سے معمور دکھائی دیتا تھا۔

بچھّو کے ڈنک کی طرح پیچ و تاب کھاتی ہوئی یہ گھناؤنی گلی نہ جانے کہاں سے کہاں کو چلی گئی تھی۔ یوں جان پڑتا تھا جیسے دیواروں کی اینٹیں کبھی خوب بڑی بڑی اور سونے کی بنی ہوں گی۔ لیکن اب سونا غائب تھا مٹّی باقی بچ گئی تھی۔ اینٹیں جیسے صدیوں کے بوجھ تلے دب، گھٹ اور پچک کر رہ گئی تھیں۔ دیواروں پر کائی پھوٹ آئی تھی جو کبھی خوشنما سبز رنگ کی تھی۔ لیکن اب اس کی تہہ کھجلی کے مارے ہوئے کتّے کی کھال کے مانند دکھائی دیتی تھی۔ چھوٹی چھوٹی اینٹیں نمناک اور ناہموار تھیں اور ان کے بیچ میں تھپے ہوئے بوسیدہ پلستر میں صدہا سپید سپید کیڑے اوپر تلے کلبلاتے رہتے تھے۔ گلی کا فرش بھی نانک شاہی اینٹوں کا بنا ہوا تھا۔ ان کی دراڑوں

میں سے مٹیالا اور بدبو دار پانی رستا رہتا تھا جس میں آفتاب عالمتاب کی کرنیں منعکس ہونے کی ناکام کوشش کیا کرتی تھیں۔ اس دھندلی فضا میں نالیوں کا سرسراتا ہوا پانی یوں دکھائی دیتا تھا جیسے گوبر اور مٹی ملا پارہ، بیسیوں قسم کے حشرات الارض دم بھر کو سطح آب سے اوپر اٹھتے اور ڈبکی لگا جاتے۔ بعض منچلے نالی سے باہر رینگ آتے۔ ایک لمحہ کے لیے ارد گرد کا جائزہ لیتے اور پھر عجب شان بے اعتنائی اور روکھے پن سے منہ کو موڑ کر پانی اندر سرک جاتے۔

سنسان گلی کے مکانوں کے دروازے زیادہ تر بند اور بعض نیم وا تھے۔ یہ مقام طلسم ہوشربا کے کسی شہر کا ایک حصہ دکھائی دیتا تھا جس پر کسی جادوگر نے سحر کر دیا ہو یا جہاں آدم خور دیو کی آمد کا خدشہ ہو یا جس کی گلیوں میں گھڑی بھر پہلے جادو کا بدمست بیل نتھنوں سے شعلے اڑاتا گزر گیا ہو۔

تاریک ڈیوڑھی سے باہر نکل کر اس نے ادھر اُدھر نگاہ دوڑائیں۔ اس کا قد میانہ تھا۔ بدن اکہرا، جسم کا رنگ ہلکا سرمئی، جلد مینڈک کی کھال کے مانند چکنی، آنکھیں بے حس و جامد لیکن ان میں عجیب قسم کا تجسس اور تیزی بھی تھی۔ وہ بے داغ سفید لباس زیب تن کیے تھا۔ اس نے ہاتھوں کو تیزی کے ساتھ ملا۔ ہونٹوں کو سکیڑ سکیڑ کر مسوڑھوں کو صاف کیا۔ اس کے سرخ مسوڑھوں میں سفید دانت آبدار خنجروں کی طرح چمک اٹھے۔

ڈیوڑھی کے دروازے کے دونوں جانب چھوٹے چھوٹے دو چبوترے بنے تھے۔ اس نے سرسری انداز سے ان کی طرف دیکھا پھر اس نے بے چینی سے کھڑے کھڑے پاؤں کو تیزی سے حرکت دی۔ پیشتر اس کے کہ وہ نیچے اتر کر روانہ

ہو اس کی نگاہ ایک آدمی پر پڑی جو پرچھائیں کی طرح گلی کی دیوار کے ساتھ چلا آ رہا تھا۔

اسے نووارد کی صورت سے دلچسپی پیدا ہو گئی۔ وہ رک کر اسے بڑے غور سے دیکھنے لگا۔ گلی کی بدبودار خنک فضا میں اجنبی نمدار، غلیظ اور بوسیدہ دیوار کے ساتھ کندھا بھڑاتا چلا آ رہا تھا۔ وہ قد آور انسان تھا فاقہ زدہ ہونے کے باوجود اس کے پھیلے پھیلے ڈیل ڈول اور بڑے بڑے ہاتھ پاؤں سے ظاہر ہوتا تھا کہ اگر اسے پیٹ بھر کھانے کو ملے تو وہ مردانہ وجاہت کا بہت اچھا نمونہ بن جائے۔ اس کی داڑھی بڑھ آئی تھی، آنکھیں بے رونق، لب خشک اور بال بکھرے ہوئے تھے جو کپڑے اس نے پہن رکھے تھے انھیں لباس کہنا بھی لفظ لباس کی توہین کرنا تھا۔ اس کے جسم کا بیشتر حصہ ننگا تھا۔ میلے کچیلے بدبودار چیتھڑے لٹکائے۔ نظر زمین پر گاڑے ماحول سے غافل وہ لپکتا چلا جا رہا تھا۔ دفعتاً فضا میں 'ابے کون ہے تو؟' کی آواز گونجی اور نووارد چوہے کی مانند ٹھٹک کر کھڑا ہو گیا۔۔ جب اس نے سفید پوش کی سانپ کی سی آنکھیں دیکھیں تو اس کی مسکینی اور بھی بڑھ گئی۔ اس نے ڈرے ہوئے کتّے کی طرح دانت دکھائے۔

دونوں پاس پاس کھڑے تھے۔ سفید جی نے اینٹھ کر دونوں ہاتھوں کی مٹھیاں کولھوں پر جما رکھی تھیں۔ نووارد بے طرح سہما ہوا تھا، اس کا سر نیچا ہو گیا تھا۔ وہ کن انکھیوں سے ڈر ڈر کر سفید جی کی طرف دیکھتا تو اس کے دیدوں کی پھیکی نمائش سے اس کی بیچارگی کا احساس اور بھی بڑھ جاتا۔ اس کے جسم کی رگ رگ کپکپا رہی تھی۔ اس کی گرد آلود پیشانی اور گردن پر پسینے کی ہلکی سی تہہ نے اسے اور بھی مکروہ اور

قابل نفرت بنا دیا تھا۔

'بولتا کیوں نہیں سونور کے بچے؟'

'م میں۔۔۔ میں۔۔۔'

'میں میں کے بچے۔۔۔ بھنچھو' سفید جی کا چہرہ تمتما اٹھا۔ کتّے کے پلے۔۔۔ حرامی کے بچے۔۔۔ تیری امّاں کی۔۔۔'

سفید جی نے ہاتھ بڑھایا اور اس کی لجلجی انگلیاں جو در حقیقت بے حد سخت اور طاقتور تھیں۔ نو وارد کی گردن پر کس گئیں۔ ان کی گرفت میں اس کی گردن اور چہرے کی رگیں پھٹ جانے کی حد تک پھول کر دمکنے لگیں۔ آنکھیں اُبل پڑیں اور زبان پانی میں بھیگی ہوئی ڈبل روٹی کی طرح محسوس ہونے لگی۔ اس نے ابروؤں اور آنکھوں کے اشاروں سے سمجھایا کہ وہ کچھ کہنا چاہتا ہے۔ ایسی حالت میں اس کی حرکات مظلومانہ کے ساتھ ساتھ بڑی مضحکہ خیز بھی معلوم ہوتی تھیں۔ دم بھر کو موقع ملا تو اس نے کہا 'ہجور! آپ مائی باپ ہیں۔ میں بوہت گریب اور مسکین ہوں۔ آپ کے پاؤں پر سر رکھ کر پرارتھنا کرتا ہوں کہ مجھے اپنی نجر سے دور ہٹ جانے کا موکا دیجئے۔۔۔'

سفید جی نے زناٹے کا تھپڑ اس کے دائیں گال پر ریسد کیا۔ پھر بائیں پر۔۔۔ پھر دائیں پر۔۔۔ پھر۔۔۔ غرض پے در پے تھپڑوں کی بوچھار سے اس کا بے خون کا چہرہ پہلے سرخ ہوا اور پھر نیلا پڑ گیا۔

'سالے! ہمارے منہ لگتا ہے؟ تیری لونڈیا کو... بد کے تخم۔۔۔ تجھ ایسے انسانوں کو میں خوب جانتا ہوں۔ اڑتی چڑیا پہچانتا ہوں۔ بیل کی صورت! چمار! کہاں

کام کرتا ہے؟ کسی کھیت میں یا کارخانے میں۔۔۔؟'

'بیل کی صورت' نے ہکلا کر کچھ کہنا چاہا تو اس نے اس کے دونوں کانوں کو چٹکیوں میں لے کر انھیں پوری قوت سے کھینچا اور مسلا اور پھر ان میں اپنے ناخن گڑو کر انھیں چھیل ڈالا۔ اور دانت پیستے ہوئے چلّایا۔ 'حرام خور! مفت کی کھا کھا کر سرکاری سانڈ ہو گیا ہے۔ سالو! تم زمین کا بوجھ ہو۔ تم سب کو قطار میں کھڑا کر کے گولی سے اڑا دینا چاہیے۔۔۔ تیرے ایسے گریبوں اور مسکینوں کی رگوں سے خوب اچھی طرح واقف ہوں میں۔'

یہ کہہ کر اس نے اس کے بڑھے ہوئے بالوں کو مٹھی میں دبوچ کر اس زور سے کھینچا کہ ان میں سے بیشتر جڑ سے اکھڑ گئے۔۔۔ اس سے اسے نئی بات سوجھی۔ اس نے اس کی پلکوں کے بال نوچنے شروع کر دیئے۔ 'ارے یہ کیا چھپا رہے ہو۔۔۔ ہٹاؤ ہاتھ'

یہ کہہ کر اس نے اس کے چیتھڑوں میں ہاتھ ڈالا۔ دو تین گندی پوٹلیاں دکھائی دیں جنھیں زور سے کھینچا تو وہ کھل گئیں۔ اور مٹھی بھر چاول، تھوڑا سا آٹا اور دال کے چند دانے گلی میں بکھر گئے۔ نو وارد دھڑام سے ان پر گر پڑا اور وحشیانہ انداز سے دانہ دانہ چننا شروع کر دیا۔۔۔ یہ دیکھ سفید جی غصے کے مارے کانپنے لگا۔ 'ارے بھوتنی پلستر! تو کہتا تھا گریب ہوں مسکین ہوں آخر یہ اناج کہاں سے لایا۔ اتنا کھاتے ہو، جبھی تو اتنی بڑی لاش ہو گئی ہے تمھاری۔ لیکن نیت نہیں بھرتی۔ یہ چاول، دال اور آٹا کیا اپنی ماں کے لیے لے جا رہا تھا۔۔۔ ہاں بھوتنی کے تو تو یہی کہے گا کہ اماں کے لیے ہی لے جا رہا ہوں۔۔۔ سالے کھاتے ہیں اور ڈکار بھی نہیں لیتے۔۔۔'

وہ سالا بد ذات اناج کے دانے چننے کے لیے زمین پر جھکا ہوا تھا۔ سفید جی نے اس کے چہرے پر زور سے لات رسید کی جس سے اس کے اگلے چار دانت ہل گئے۔ پھر اس نے گھونسوں کی بوچھاڑ کر دی۔ یہاں تک کہ بد ذات کا چہرہ ٹماٹر کی طرح پلپلا ہو گیا۔ 'جھین پود! چادر مود! گو کے گیڑے۔۔۔ بد ذات کے پلّے !!' سفید جی کے منہ سے کف اڑ رہی تھی وہ بری طرح سے ہانپ رہا تھا۔

زور کی ٹھوکر کھا کر الّو کا پٹھا سر کے بل نالی میں گر پڑا۔ سفید جی ناک اور منہ دونوں سے سانس لے رہا تھا۔ پھر اُسے یوں محسوس ہوتا تھا جیسے فضا ہوا سے یکسر خالی ہو گئی ہو۔

گلی کی دھندلی اور اداس فضا میں اس کا دم گھٹ سا رہا تھا۔ پھر اس نے قہر آلود نگاہوں سے جھین پود کی جانب دیکھا۔۔۔ یہ سب اسی کا قصور تھا۔ 'سالا، کتّا! سور کی اولاد۔' قریب تھا کہ وہ اس پر پھر پل پڑے۔۔۔

دیواروں اور فرش کی اینٹیں یکے بعد دیگرے گلی کے موڑ تک پہنچ کر افق میں گم ہوئی ریل گاڑی کے ڈبوں کے مانند دکھائی دیتی تھیں۔۔۔ وہ ڈبے جو آندھی کی رفتار سے اڑے جا رہے ہوں۔ موڑ پر پہنچ کر ان کے نقوش بے حد مبہم ہو گئے تھے۔ ان پر اڑتی ہوئی سیاہی انجن میں نکلنے والے دھوئیں کے مرغولوں کے مانند دکھائی دیتی تھی۔ گلی کے موڑ سے معاً ایک چھوٹی سی لڑکی نمودار ہوئی۔۔۔ بڑی عجیب بات تھی۔ آندھی کے رخ کے برعکس روئی کا ایک گالا بڑی سبک رفتاری سے چلا آ رہا تھا۔۔۔ بچی نے ان دونوں کو دیکھا تو کھٹ سے رک گئی۔ وہ روکھے سوکھے بالوں اور کچوری سے گالوں والی بھولی بھالی معصوم بچی تھی۔ اس کے ہاتھ میں کانسی کا

کٹورا تھا۔

سفید جی نے اسے دیکھا تو دفعتاً صورت بگڑ گئی ناک کے قریب سے سر تک تین گہری گہری لکیریں نمودار ہوئیں آنکھوں کی پتلیاں کھٹ سے ناک کی جڑ کے قریب پہنچ گئیں۔ باچھیں چر گئیں۔ اس کے 'کتّا دانت، نمایاں ہو گئے اور اس کی سانپ کی سی جامد، مقناطیسی آنکھیں بچی کے چہرے پر جم گئیں۔ اُدھر بچی کے پاؤں زمین میں گڑ گئے اور اس کی آنکھوں میں انتہائی خوف وہراس کی کیفیت پیدا ہو گئی۔

سفید جی نے زخم خوردہ درندے کی طرح بڑی تیزی سے ادھر اُدھر نگاہ دوڑائی تو بچی کا دل لرز اٹھا۔

بالآخر سفید جی کو ایک سالم اینٹ مل گئی۔ جسے اٹھا کر اس نے جلدی سے نشانہ باندھا۔۔ بچی نے حلق کی پوری قوت سے ایک مہیب چیخ بلند کی اور کٹورے کو بے اختیار پرے پھینک بگولے کی سی تیزی کے ساتھ بھاگ نکلی۔ سالم اینٹ نے اس کا پیچھا کیا لیکن وہ بال بال بچ گئی البتہ مچھیرے کے جال کے مانند دور دور تک پھیلی ہوئی گلیوں میں سے ذبح ہوتے ہوئے بھیڑ کے بچے کی سی دلدوز چیخوں کی بازگشت رہ رہ کر سنائی دیتی رہی۔۔۔ چیخوں کا درد و کرب کانسی کی لڑکتے ہوئے کٹورے کی غیر انسانی کھنکھناہٹ کے ساتھ گھل مل کر عجب دل کو دہلا دینے والا شور بلند کر رہا تھا۔۔۔ اس کے بعد یک لخت موت کا سناٹا طاری ہو گیا۔

بہت دیر تک سفید جی کی صورت مسخ رہی۔۔۔ لیکن رفتہ رفتہ اس کی بے حس اور بے کیف آنکھوں میں ایک عجیب قسم کی رنگین دھاری نظر آنے لگی۔۔۔

دائیں ہاتھ کو گلی کا موڑ تھا۔ موڑ سے اس طرف کو گلی کی دیواریں یوں کھلتی تھیں

جیسے کسی پر اسرار اور سحر انگیز مقام میں داخلے کے لیے طلسمی اژدہا منہ کھولے ہر دیکھنے والے کو اندر داخل ہونے کی دعوت دے رہا ہو۔ گلی کے عین سامنے ایک بہت بڑی تاریک ڈیوڑھی کا بلند و عریض دروازہ حیرت سے کھلا تھا۔ اندر مکمل سیاہ بادل کی سی تاریکی کے بعد ہلکے رنگین خطوط حسین و دلکش زاویئے بناتے ہوئے ایک روشن دالان کے نور میں مدغم ہو رہے تھے۔ دالان بے حد صاف اور ستھرا تھا۔ وہاں پھولوں کے پودے اس قدر ساکت کھڑے تھے جیسے ان کے پھول اور پتیاں لعل و زمرد میں سے تراش کر بنائے گئے ہوں۔ بڑ کا ایک عظیم الشان پیڑ صحن کے بیچوں بیچ ایستادہ تھا۔ اس کی سیدھی لٹکتی ہوئی ڈاڑھی ان جٹادھاری برہمچاری سنیاسیوں کی یاد دلاتی تھی جن کی آنکھیں انگارہ اور ان میں سلفے کا خمار و غبار نظر آتا ہے۔

پیڑ تلے ایک عورت پاؤں کے بل اکڑوں بیٹھی کپڑے دھو رہی تھی۔ اس کے گہرے بھورے بال سورج کی روشنی میں دمکتے ہوئے خشک بھوسے کی طرح انگارہ ہو رہے تھے۔ لیکن جو گھنی زلفیں سورج کی کرنوں کی براہ راست زد سے باہر تھیں۔ وہ اپنے گہرے پن کے باعث زعفران کے سائے کے مانند دکھائی دیتی تھیں۔ اس نے کمر کے گرد گہرے سرخ رنگ کا سالو لپیٹ رکھا تھا۔ بدن پر ایک ڈھیلی ڈھالی چولی تھی جس پر روپہلے نقش و نگار بنے ہوئے تھے۔ چولی اس قدر ڈھیلی تھی کہ نہ صرف اس کی اُجلی بغلوں میں سے بھٹے کے سے بالوں کے گچھے دکھائی دے رہے تھے بلکہ بغلوں کے آگے چولی کے ہلالی زاویے میں سے رانوں اور گھٹنوں کے دباؤ سے دودھیا پستان کے پچھلے حصے میں پیدا ہونے والے زیر و بم سے عجب مسحور کن سماں بندھ گیا تھا۔۔۔ کپڑوں سے فارغ ہو کر اس نے نہانے کے لیے پانی کی بالٹی

قریب سرکائی۔ جب وہ بالٹی پر جھکی ہوئی تھی تو پانی میں پیدا ہونے والے روشنی کے دائرے اس کے بدن پر منعکس ہو رہے تھے۔ نور کے یہ دائرے گورے بدن کے نشیب و فراز سے گستاخیاں کرتے ہوئے ایک جانب لبوں اور دوسری طرف پاؤں کو چوم رہے تھے۔ اور پھر جب اس 'کافرہ' پر شباب 'سرکشوں' کو چولی کی قید سے آزاد کیا اور سالو بھی اتار پھینکا تو وہ سر تا پا بجلی کی قاش کی مانند بل کھا کر تڑپی اور یوں معلوم ہونے لگا کہ دالان اس کے غیر مرئی وجود سے منور و تاباں تھا اور جیسے وہ شعلے بھڑک کر اٹھے گا اور چشم زدن میں آسمانوں کی وسعتوں میں گم ہو جائے گا۔۔۔

سفید جی کی پتلیاں آہستہ آہستہ گھومیں اور غلیظ کے چہرے پر جا کر رک گئیں۔۔۔ دفعتاً اس کی صورت پہلے سے بھی زیادہ مسخ ہو گئی۔ 'ابے تیری میّا کی۔۔۔ سالے تو بھی دیکھتا ہے۔ کیا تیری آنکھیں اس کام کے لیے بنی ہیں۔۔۔ مدرچو۔۔۔ بھوتنی پتنگ۔۔۔ تو۔۔۔ ابے تو؟'

یہ کہہ کر سفید جی نے اسے گریبان سے پکڑ لیا اور گھسیٹ کر دیوار کے ساتھ کھڑا کر دیا اور فرمایا۔ "سیدھا کھڑا رہ۔"

غلیظ سیدھا کھڑا ہو گیا، سفید جی بہت دور سے لڑاکا مینڈھے کی طرح سر جھکا کر بگولے کی سی تیزی کے ساتھ آیا اور سر جھکا کر اچھلا اور سر پوری قوت سے مدرچو کے پیٹ میں دھانس دیا۔ نشانہ ٹھیک بیٹھا اور بھوتنی پتنگ درد سے دوہرا ہو گیا۔ سفید جی نے سیدھا کھڑا رہنے کا حکم صادر فرما کر پھر وہی عمل کیا۔ بار بار ٹکریں مارتا رہا۔ صورت اور زیادہ مسخ ہو گئی۔ بھوؤں کے بال بڑھ گئے اور موٹے ہو گئے۔ نتھنوں کے اوپر سے منہ کے دہانے تک پہنچنے والی لکیریں بہت گہری ہو گئیں۔

سورج غروب ہو گیا تاریکی بڑھنے لگی۔

سفید جی نے غلیظ جی کی باچھوں میں انگوٹھے ڈال کر اس کا منہ پھاڑ دینے کی کوشش کی۔ پھر اس سے گتھم گتھا ہو گئے۔ کبھی اسے گراتے کبھی پٹختے، کبھی چیختے۔۔۔ سفید جی کی صورت پہچانی نہیں جاتی تھی۔ کپڑے غلاظت میں لت پت ہو گئے تھے۔ اور وہ کیچڑ میں نہائے ہوئے کچھوے کے مانند دکھائی دینے لگا۔ کان گدھے کے کانوں کے برابر ہو گئے۔ موسوڑھے اوپر کو اٹھ گئے، دانت لمبے ہو گئے، ناخن بڑھ آئے۔ اس نے ہر ممکن طریقے سے غلیظ جی کو مارا اور دانت پیس پیس کر کہا

'میں تجھے مار ڈالوں گا۔۔۔ میں تجھے مار ڈالوں گا۔'

بالآخر اس نے غلیظ جی کو گلی کے فرش پر لٹا دیا اور کہا 'اب میں چھت پر سے تجھ پر چھلانگ لگاؤں گا' اسے لٹا کر وہ ڈیوڑھی میں غائب ہو گیا، پھر چھت پر دکھائی دیا اور پھر اس قدر بلندی سے غلیظ جی کے پیٹ پر چھلانگ لگائی، پھر چھاتی پر، پھر گردن پر، پھر سر پر۔۔۔

ہر طرف تاریکی چھا گئی تھی۔ متعدد چھلانگیں لگانے کے بعد سفید جی نے غلیظ کو اٹھایا۔ وہ سمجھا تھا کہ غلیظ کا بھرتہ نکل گیا ہو گا لیکن غلیظ بدستور سانس لے رہا تھا، آنکھیں جھپکا رہا تھا۔ اس پر سفید جی چلّایا 'ابے مدرچو۔۔۔ ابھی تو زندہ ہے؟'

اب سخت تاریکی میں جھگڑ سا چلنے لگا۔ غلیظ اٹل پہاڑ تھا اور سفید جی جو اب غلیظ جی سے بھی زیادہ غلیظ دکھائی دیتا تھا اس پہاڑ سے ٹکریں مارنے والا شیطان! چیت، گھونسے، لاتیں، گالیاں سب کچھ فضا میں گونج رہا تھا۔ اب کچھ پتہ نہیں چلتا تھا کہ کون کس کو مار رہا ہے۔ آخر سفید جی ڈھیلا پڑ گیا۔ اس کی سانس دھونکنی کی طرح چل رہی تھی۔ بازو

لٹکنے لگے۔ آنکھیں پھٹ گئیں۔ ٹانگیں جھولنے لگیں۔ وہ غلیظ سے آنکھیں ملائے بغیر دونوں مٹھیاں بڑی نقاہت سے اس کے سینہ پر مارتے ہوئے بڑبڑایا۔

'نہیں۔ تم نہیں مروگے، تم نہیں مرسکتے، تم کبھی نہیں مرسکتے۔'

اس کے گھٹنے آگے کو دھنس گئے۔ اور وہ زمین پر اوندھے منہ گر پڑا۔۔۔ مار کھا کھا کر غلیظ کا سر چکرانے لگا تھا۔ اس نے ادھر اُدھر دیکھنے کی کوشش کی۔ پھر تاریکی میں بازو پھیلاتے ہوئے کہا۔ 'سفید جی آپ کہاں ہیں۔۔۔ آپ کہاں ہیں؟'

اس کا پاؤں کسی گول چیز پر پڑا۔ اور وہ شے اس کے بوجھ سے چکنا چور ہوگئی۔

اس نے جھک کر غور سے دیکھا تو معلوم ہوا کہ وہ سفید جی کا سر ہے اور ٹوٹی ہوئی کھوپڑی میں سے آنکھوں کی پتلیاں کانچ کی گولیوں کی طرح ادھر اُدھر لڑھک گئیں۔ اسے بڑی حیرت ہوئی۔ وہ نہیں جانتا تھا کہ چشم زدن میں اتنا بڑا انقلاب آجائے گا۔

فضا میں کچھ مترنم صدائیں سنائی دینے لگیں۔ اس نے سر اٹھایا اور دیکھا کہ تارے معصوم بچوں کی دھلی دھلائی آنکھوں کی طرح دمک رہے ہیں۔

معاًروپہلا چاند کالے بادل کے چنگل سے باہر نکل آیا اور مچھیرے کے جال کی مانند دور دور تک پھیلی ہوئی آڑی ترچھی گلیاں یوں دکھائی دینے لگیں جیسے وہ دودھ سے چھلکتی ہوئی نہریں ہوں۔

***

۸

راستہ چلتی عورت

یہ کوئی شعلہ نہیں تھا، بلکہ بوٹا سنگھ کی نئی نویلی بیر بہوٹی سی دلہن کے سرخ دوپٹے کا آنچل تھا، جو تیز گرم ہوا کے جھونکوں میں پھڑپھڑا رہا تھا۔ اب وہ کوٹ گوراں نام کے گاؤں کے قریب پہنچ چکے تھے، شادی کے بعد پہلی بار بوٹا سنگھ بیوی کو اس کے میکے سے اپنے گاؤں کو لے جا رہا تھا۔ تقریباً آدھا راستہ طے ہو چکا تھا، کیونکہ کوٹ گوراں آدھے راستے پر واقع تھا۔

دوپہر کا وقت تھا۔ دھوپ اور گرمی کی شدت کی حد نہیں تھی۔ کوٹ گوراں کے لوگ انتہائی گرمی کا یہ وقفہ کسی قدر آرام سے گزارنے کے لیے گاؤں کے باہر شرینہہ کے اونچے اور گھنے پیڑوں کے جھنڈ کی چھاؤں تلے گزارتے تھے۔ چنانچہ اس وقت بھی وہ وہاں جمع ہو کر اپنے اپنے مشاغل میں مصروف تھے۔ کوئی شطرنج کھیل رہا تھا، کوئی چوسر۔ کوئی باتیں بنا رہا تھا تو کوئی اونگھ رہا تھا۔ بعض لوگ گھروں سے ہلکی پھلکی چارپائیاں اٹھا لائے تھے اور بعض زمین پر ہی بوریا بچھائے ہوئے تھے۔ البتہ جگیر سنگھ اپنے لفنگے ساتھیوں کے ساتھ الگ محفل جمائے ہوئے تھا۔ وہ محض درشنی جوان ہی نہیں تھا بلکہ سچ مچ دم خم کا مالک تھا اور اپنے چیلے چانٹوں میں

سب سے ممتاز تھا۔

کچھ دن پہلے تیز و تند آندھی کے طوفان میں شرینہہ کے اونچے پیڑ کی ایک بھاری بھر کم ڈالی چرچرا کر زمین پر آگری تھی۔ جگیر اور اس کے آٹھ دس ساتھی اسی سے ٹیک لگائے کھڑے تھے۔ اس وقت وہ محض آپس کی گپ شپ سے محظوظ ہو رہے تھے۔ جگیر اپنی ایک فٹ کی کرپان سے ایک چھوٹی سی شاخ کو بائیں ہاتھ میں تھامے آہستہ آہستہ چھیل رہا تھا۔ اس بے مصرف کام کے دوران میں رہ رہ کر اس کی باچھیں چری جاتی تھیں۔ اس کے اجڈ چہرے سے خشونت کے آثار ہویدا تھے۔ اس کے ساتھی غیر ضروری انہماک کے ساتھ یا تو اس کے ہاتھوں کی جانب دیکھ رہے تھے یا شکاری جانور جیسی مستعدی کے ساتھ ادھر ادھر تاک رہے تھے۔ اچانک انہوں نے دور سے آتی دلہن کو دیکھا تو پر معنی انداز میں ہلکے سے کھانس کر ایک نے جگیر کے کولہے پر کوہنی کا ٹھوکا دیا۔

پہیا، یعنی وہ چوڑی راہ گزر جس پر بوٹا سنگھ اپنی بیوی کے ساتھ چلا آرہا تھا، پیڑوں کے اس جھنڈ کے قریب سے ہی گزرتی تھی۔ سامنے کچھ فاصلے پر گوردوارے کی چھوٹی سی عمارت دکھائی دے رہی تھی۔ اس کے گنبد پر ایک جھنڈا لہرا رہا تھا جس کا رنگ کبھی گہرا زرد رہا ہوگا تاہم اس پر ایک چکر، دو کرپانوں اور ایک کھڑے کھنڈے کا نشان اب تک معدوم نہیں ہوا تھا۔ وہاں پر موجود ایک بھی شخص ایسا نہیں تھا جس کی نظر بے اختیار اس دلہن کی طرف نہ اٹھ گئی ہو، جو ایسی دکھائی دیتی تھی جیسے ابھی ابھی کسی باکمال کمہار کے چاک سے اتاری گئی ہو۔ جگیر اور اس کے ساتھیوں کی نگاہیں تو گویا دلہن کے چندن سے بدن پر پیوست ہو کر رہ گئیں۔

جیسے جیسے دلہن قریب آتی گئی، یہ حقیقت اور بھی واضح ہوتی گئی کہ لڑکی واقعی نایاب تھی۔ اس کے آگے چلتے ہوئے بوٹا سنگھ کی شان بھی نرالی تھی۔ دیکھنے میں وہ کوئی لحیم شحیم کڑیل جوان نہیں تھا۔ اس کا قد میانہ، جسم اکہرا اور تیور مردانہ تھے۔ چال میں ناگ کا سا لہرا تھا۔ دوہرے شملے والی پگڑی سے کج کلاہی ٹپکتی تھی۔ سانولے سلونے چہرے پر عجب دمک تھی۔ ہاتھ میں ہلکی پھلکی لاٹھی تھی۔ جب یہ جوڑا ان سب لوگوں کے سامنے سے گزر رہا تھا تو یکایک جگیر سنگھ ایک خاص انداز سے کھانس اٹھا۔ بوٹا سنگھ رک گیا۔ ان دونوں کی نظریں ایک دوسرے سے الجھ کر رہ گئیں۔ پل بھر کے تامل کے بعد بوٹا سنگھ مسکرایا تو اس کے سامنے والے اوپر کے دونوں دانتوں میں پیوست سونے کی ننھی ننھی کیلیں دمکنے لگیں۔ وہ جگیر کو آنکھوں آنکھوں میں تولتے ہوئے بھاری آواز میں بولا، "معلوم ہوتا ہے کہ آپ کو کچھ تکلیپھ ہے۔"

"ہے تو۔" جگیر نے پراسرار اور پر معنی انداز میں ایک نظر دلہن پر ڈالی۔

"ایسی ویسی بھاگی بھگائی لڑکی نہیں ہے۔ میری بیاہتا جورو ہے۔"

"تو بھائی، اپنا راستہ ناپیے۔"

"سو تو ناپ ہی رہے تھے، لیکن آپ کو کچھ تکلیپھ میں پا کر رکنا پڑا۔"

"تکلیپھ کی بات چھوڑو، مگر ایک پرشن جرور اٹھتا ہے۔"

بوٹا سنگھ نے کھڑے کھڑے پہلو بدلا، "پرشن؟"

جگیر نے زور سے زمین پر تھوک کر جواب دیا، "پرشن اٹھتا ہے کہ جو لوگ گلے میں ہیرے لٹکائے پھرتے ہیں انہیں اس بات کا پربندھ بھی کر لینا چاہیے کہ

کہیں کوئی اجنبی جھپٹانہ مارلے جائے۔"

گاؤں کے سب ہی لوگ جانتے تھے کہ راہ گیروں پر بے جا آوازے کسنا جگیر اور اس کی ٹولی کا شیوہ تھا۔ مگر آج وہ حد سے کہیں آگے نکل گئے تھے۔ یہ کسی بھی نظر میں پسندیدہ بات نہیں تھی۔

"سمجھا۔" بوٹا سنگھ دبے دبے قہر میں ڈوبی آواز میں غرایا۔ سب لوگ غیر معمولی لفڑے کے لیے تیار ہو گئے۔ بوٹا سنگھ نے اپنی لاٹھی دلہن کے حوالے کی اور پھر اس نے آگے سے تہبند کو سمیٹ کر پورے پلو کو دونوں رانوں میں گھما کر اسے پیچھے کی طرف سے نیچے پہنے ہوئے کچھے (جانگیے) کے نیفے تک اچھی طرح ٹھونس لیا۔ جوتے اتار کر ایک طرف رکھ دیے۔ پھر لاٹھی ہاتھ میں لے کر سیدھا کھڑا ہو گیا۔ سب لوگ ایک ٹک اس کی ہر حرکت غور سے دیکھ رہے تھے۔ اس نے لاٹھی کو پہلے اپنی انگلی پر ٹکا کر ہوا میں اٹھایا۔ لمحہ بھر رکنے کے بعد اس نے لاٹھی کو ہوا میں خوب اوپر تک اچھالا۔ جب لاٹھی اوپر سے نیچے کی طرف گری تو اس نے اسے دونوں ہاتھوں میں دبوچ کر دسوں انگلیوں پر نچانا شروع کر دیا۔ عجب تماشا تھا۔ ایسا لگتا تھا جیسے لاٹھی کسی قسم کا ساز ہے، جس کے تاروں پر بوٹا سنگھ کی تیزی سے چلتی ہوئی انگلیاں رقصاں تھیں۔ کیا مجال جو لاٹھی اس کی انگلیوں کی گرفت سے نکل کر گر جائے۔

لاٹھی پر اپنی گرفت کے کمال کا مظاہرہ کرنے کے بعد بوٹا سنگھ نے اسے دونوں ہاتھوں میں تھام کر چاروں طرف گھمانا شروع کر دیا۔۔۔ وہ پینترے پر پینترا بدلنے لگا۔ سرک لگاتا ہوا کبھی ادھر کبھی ادھر نکل جاتا۔ اس کی ٹانگوں میں گویا بجلی بھری

تھی۔ پاؤں کے نیچے سے دھول کے ہلکے ہلکے بادل بلبلا کر ہوا میں اٹھنے لگے۔ کچھ لمحے تو ایسے آئے جب دیکھنے والوں کو لاٹھی نہیں محض اس کا کوندتا ہوا سایہ دکھائی دے رہا تھا۔ لاٹھی تھی کہ بپھرا ہوا ناگ۔ ایسا لگتا تھا کہ نہ جانے کتنے ناگ فضا میں پھنکار رہے ہیں۔ اس امر میں تو کوئی شبہ نہ رہا تھا کہ اگر بوٹا سنگھ حملہ آوروں سے گھرا ہوتا تو اس وقت تک اس کی لاٹھی نہ معلوم کتنوں کا خون چاٹ چکی ہوتی اور نہ جانے کتنی لاشیں زمین پر بچھ چکی ہوتیں۔

آخر بوٹا سنگھ نے لاٹھی روک دی اور اس کی بونجی موٹھ پر ٹھوڑی ٹیک کر کھڑا ہو گیا۔ اس نے دھیرے دھیرے آنکھوں کی پتلیاں گھما گھما کر وہاں موجود اشخاص کا جائزہ لینا شروع کر دیا۔ ہر شخص دم بخود بیٹھا یا کھڑا تھا۔ اب بوٹا سنگھ نے جگیر سنگھ پر نظر جمادی، جو ابھی تک اسی ٹہنی کو چھیلے جا رہا تھا۔ کچھ توقف کے بعد بوٹا سنگھ نے اس سے کہا، "جو سوال آپ نے اٹھایا تھا اس کا جواب تو میں نے دے دیا۔ اب میرے من میں ایک سوال اٹھا ہے جس کا جواب مجھے ملنا چاہیے۔" روئے سخن جگیر کی طرف تھا، جو بدستور کرپان سے ٹہنی چھیلے جا رہا تھا۔ بوٹا کہتا گیا، "یہاں سے آگے بڑھنے کے بعد جو ہو گا اس سے تو میں نمٹ لوں گا، لیکن سوال یہ ہے کہ اس گاؤں میں بھی تو کوئی نہ کوئی اپنے باپ کے تخم سے اور اپنی ماں کا لال ہو گا، جس کے دل میں پرائے ہیرے اڑانے کا چاؤ ہو گا۔"

اس سے آگے بوٹا سنگھ جو کہنا چاہتا، وہ یا تو اس نے دانستہ طور پر یا نادانستہ طور پر نہیں کہا۔۔۔ تاہم اس کی بات ادھوری ہونے پر بھی مکمل تھی۔ ظاہر تھا کہ یہ جگیر کے لیے کھلا چیلنج تھا۔ دھڑکتے ہوئے دلوں کے ساتھ لوگ باگ یہ دیکھنے کے منتظر

تھے کہ کیا جگیر اور اس کے ساتھی بوٹا سنگھ پر ٹوٹ پڑیں گے۔۔۔اب جگیر کرپان ہاتھ سے رکھ کر قدم بہ قدم بوٹا سنگھ کی طرف بڑھا اور قریب پہنچ کر مسکراتے ہوئے گہری آواز میں بولا، "سردار جی، اس گاؤں میں نہ تو کوئی اپنے باپ کے تخم سے ہے اور نہ اپنی ماں کا لال ہے۔" اتنا کہہ کر جگیر الٹے قدموں لوٹ گیا۔

ایک بار پھر دونوں راہ گیر اپنے راستے پر ہو لیے، پیچھے عورت چکوری کی طرح چلتی ہوئی آگے مرد، جس کی پگڑی کا شملہ اصیل مرغ کی کلغی کی طرح ہوا میں سربلند کیے ہوئے تھا۔

***

۹

تیسرا سگریٹ

جب دیو راج نے دیکھا کہ سب ہمہ تن گوش بنے بیٹھے ہیں تو اس نے منہ قدرے اوپر کو اٹھا کر سگریٹ کا دھواں ایک فرّاٹے کے ساتھ چھوڑنا شروع کیا۔۔۔ اور ہم اس کے گول منہ میں سے دھواں تیزی سے نکلتے اور فضا میں تحلیل ہوتے دیکھتے رہے۔۔۔

یہ اس کی مخصوص عادت تھی کہ بات شروع کی اور جب دوست متوجہ ہوتے تو وہ اپنی داستان میں بڑے طویل وقفے پیدا کرنے لگتا۔ وہ ایسا کیوں کرتا تھا۔ اس کے بارے میں وثوق سے کچھ نہیں کہا جاسکتا۔ شاید سامعین کے شوق کو تیز سے تیز تر کرنا مقصود ہو یا شاید وہ پرانی فضا میں کھو جانا چاہتا تھا یا ان وقفوں میں تفصیلات فراہم کرتا تھا، مقصد خواہ کچھ بھی ہو لیکن ہمیں یہ وقفے برے نہیں لگتے تھے۔ اس سے ملاقات اکثر کافی ہاؤس میں ہوتی تھی۔ کافی ہاؤس میں بیٹھنے کا ایک ہی مقصد ہوتا تھا یعنی فرصت کے لمحات کو گزارنا۔

اس وقت کافی ہاؤس میں خاصا شور مچا ہوا تھا، دیو راج کے خوب صورت گول چہرے پر ذہنی اذیت کے آثار پیدا ہوئے اور اس نے ہم سب کی جانب متوجہ ہو کر

کہا" یار! بہت شور ہو رہا ہے۔"

ہم سب نے ہامی بھری لیکن ہماری صورتوں سے اس پر واضح ہو گیا کہ باوجود شور کے ہماری دلچسپی کم نہیں ہوئی تھی۔ معلوم ہوتا ہے کہ اس سے اس کے دل کو تسکین سی حاصل ہوئی اور اس نے سلسلہ کلام جاری کیا۔ یہ دسمبر ۱۹۴۵ کا قصہ ہے۔ میں بے کار تھا۔ تم لوگ جانتے ہی ہو کہ پہلے میں خوب مزے میں تھا۔ لیکن اب کوئی صورت نظر نہیں آتی تھی۔ بھائی کبھی کبھی تو فیٹ (FATE) قسمت کا قائل ہونا ہی پڑتا ہے۔ حالانکہ کئی بارسوخ حضرات سے مراسم تھے۔ لیکن حرف مدعا زبان تک لاتے ہوئے ہچکچاہٹ سی محسوس ہوتی تھی۔ اور ایک آدھ دوست جن سے کوئی پردہ نہیں تھا کوشش میں مصروف تھے۔ ابھی روزگار کی کوئی صورت پیدا نہیں ہوئی تھی کہ ایک دن کناٹ پلیس میں ایک پرانے ہم جماعت سے ملاقات ہو گئی۔۔۔ یہ بجائے خود ایک دلچسپ واقعہ ہے۔"

یہاں تک پہنچ کر اس نے پھر تامل کیا پھر ایک طویل کش لے کر سیٹی بجانے کے انداز سے اس نے ہونٹوں کو گول کیا اور ان میں سے دھواں چھوڑنا شروع کر دیا۔

دھواں نکلتا رہا۔ وہ اپنے دھیان میں اور ہم اپنی کرسیوں میں مگن۔

بات شروع ہوئی۔۔۔ "میں ریستوران میں بیٹھا تھا۔۔۔ ریستوران کا نام جان کر کیا کریں گے آپ۔۔۔ اور نہ میں اپنے دوست کا نام بتاؤں گا۔۔۔ وہ سی آئی ڈی کے اینٹی کرپشن محکمے میں ملازم تھا۔ خیر! اب وہ واقعہ سنیے!۔۔۔ ریستوران کے گوشے میں میں نے ایک نہایت حسین خاتون کو دیکھا۔ حسین صورت کو دیکھنا کوئی

جرم تو نہیں لیکن مسلسل دیکھتے رہنا یقیناً معیوب ہے۔۔۔ ہوا یہ کہ میں مالی الجھنوں میں گرفتار تھا۔۔ میرے ذہن نے اس حسینہ کے وجود کا احساس تو ضرور کیا لیکن میں اس وقت دوسرے ہی موڈ میں تھا۔ مجھے خوب صورت لڑکیوں سے اس وقت قطعاً کوئی دلچسپی محسوس نہیں ہو سکتی تھی۔ البتہ میری نگاہ بظاہر اسی طرف جمی رہی اور ذہن نظارگی کے لطف سے خالی تھا۔۔۔ عورت کو یوں محسوس ہوا کہ میں بیہودہ پن سے مسلسل اس کی جانب گھور رہا ہوں۔ اس نے اس امر کی اطلاع پاس بیٹھے ہوئے اپنے خاوند کو دی۔ اس نے مجھے گھور کر کے دیکھا لیکن میں چونکہ خالی الذہن تھا اس لیے میری ٹکٹکی میں کوئی فرق نہیں آیا۔ اس پر وہ اٹھا اور قریب آکر اس نے میرے کندھے پر ہاتھ رکھا۔ میں نے گھوم کر دیکھا تو اپنے سامنے ایک خشمگیں چہرہ پایا۔ ناک کے مسّے کی وجہ سے وہ اور بھیانک دکھائی دے رہا تھا۔ میں کچھ سمجھ نہ پایا۔ بے اختیار کہا" تشریف رکھیے، میں نے اثبات میں جواب دیا اور ساتھ ہی اسے پہچان لیا۔ ہم کئی برس کے وقفے بعد ملے تھے۔ چنانچہ بڑا پر تپاک مصافحہ ہوا اور وہ مجھے اپنی بغل میں لیے بیوی کے پاس پہنچا اور قہقہہ لگا کر بولا " بھئی یہ اپنا دیو راج ہے۔ لو بیٹھو یار! یہ تمھاری بھاوج ہے، دیکھنا ہے تو قریب سے دیکھو۔ میں اس پر شرمایا۔ اس کی بیوی نہ صرف حسین اور پڑھی لکھی تھی بلکہ سچ مچ باذوق خاتون تھی۔ میں نے معذرت کرتے ہوئے کہا "اس میں تو شبہ نہیں کہ آپ قابل دید ہیں لیکن یقین کیجئے، میں اپنی الجھنوں میں گرفتار تھا۔ یہ الگ بات ہے کہ میرا چہرہ آپ کی جانب تھا۔۔۔ " بھئی میں یقین کرتا ہوں۔" میرے دوست نے حامی بھری۔ ارے ہم نے کالج میں بھی کئی رومانس لڑائے لیکن دیو راج بچارا تو خود ہی نصف لڑکی تھا۔

حسینوں سے آنکھیں چار ہوتے ہی شرمانے میں پہل انھیں کی طرف سے ہوتی تھی۔۔۔ اس پر سب کھلکھلا کر ہنس پڑے۔۔۔"

اب پھر وقفہ۔۔۔ لیکن اس وقفے میں ہم اس دلچسپ حادثے پر قہقہے لگاتے رہے اور دیوراج کو دھواں اڑانے کے لیے آزاد چھوڑ دیا۔

"کچھ دنوں کے بعد پھر میری اپنے اسی دوست سے ملاقات ہوئی۔ اب ہم دونوں تنہا تھے۔ ارادہ یہ ہوا کہ دوپہر کا ٹائم بیئر پینے میں گزارا جائے۔" دیوراج نے پھر اپنا قصہ جاری کیا "بیئر کے دو دو مگ ختم ہوگئے تو میرے دوست نے میری بے کاری کے بارے میں پوچھ گچھ شروع کی۔ میں ہچکچا رہا تھا لیکن اسے اصرار تھا۔ قصہ مختصر یہ کہ سارے حالات سن کر اس نے ذرا تامل کیا اور پھر کہا یار! تمھیں ایک ترکیب بتاتا ہوں۔ لیکن شرط یہ ہے کہ خواہ مخوہ شرافت سے کام نہ لینا۔ میں نے یہ شرط منظور کرلی۔ اس نے کہا "دیکھو جہاں تم رہتے ہو، وہیں پر سیٹھ دھنی رام کی کوٹھی ہے۔ تم نے ان کی کالی بھجنگ صورت اکثر دیکھی ہوگی۔ بلکہ شاید تمھاری کبھی ان سے علیک سلیک بھی ہو جاتی ہو۔ ہمارے محکمے کو قابل اعتبار ذرائع سے علم ہوا ہے کہ وہ ربر گُڈز میں بلیک مارکیٹنگ کرتا ہے اور اس دھندھے میں لاکھوں روپیہ پیدا کیا ہے اس نے۔ اب اگر تم ذرا اپنی روایتی شرافت کو چھوڑ کر کمر ہمت باندھو تو آم کے آم گٹھلیوں کے دام حاصل کر سکتے ہو۔۔۔ مجھے بڑا تعجب ہوا پوچھا کہ آخر میں کیا کر سکتا ہوں۔۔۔؟"

"دوست تم بھی ایک بار بلیک مارکیٹنگ کر ڈالو۔"

"وہ کیسے؟"

"وہ میں بتاتا ہوں۔۔۔ سیٹھ جی اتنا تو جانتے ہی ہیں کہ تم انھیں کے محلے کے نہایت شریف بال بچے دار انسان ہو۔ تم ایک روز ان کے پاس جاؤ اور ان سے کہو کہ تم ان کی مدد سے روزگار شروع کرنا چاہتے ہو۔ کہہ دینا کہ پندرہ بیس ہزار روپیہ تمھارے پاس ہے۔ اگر یقینی فائدے کی صورت نظر آئے تو اتنا ہی روپیہ تم اور اکٹھا کر سکتے ہو۔۔۔ اس کو تم پر شبہ بھی نہیں ہو سکتا اور وہ راضی ہو جائے گا۔۔۔ بس پھر چاندی ہی چاندی سمجھو۔۔۔"

میرے ہونٹوں پر خشک ہنسی پیدا ہوئی۔ کہا "تم بھی گھن چکروں کی سی باتیں کرتے ہو۔ واہ پندرہ بیس ہزار کی بھی خوب رہی۔۔۔ یہاں میرے پاس پندرہ بیس کوڑیاں بھی نہیں ہیں۔۔۔"

میرے دوست نے بے صبری سے مجھے ٹوکا "ارے تم کچھ نہیں سمجھے۔ مگر تم تو مجھے بات ختم ہی نہیں کرنے دیتے۔۔۔ روپے کی ضرورت نہیں پڑے گی۔ بس زبانی بات چیت ہو جائے۔۔۔ لیکن اب اصل بات سنو۔ ایک الگ تھلگ مکان کا انتظام کیا جائے۔ کچھ شراب ہو' نوجوان لڑکی ہو۔ کھانے پینے کا سامان ہو۔ وہاں سیٹھ صاحب کو بلا لاؤ۔ کہنا کہ میرے ایک دوست کا مکان ہے جو بال بچوں سمیت کسی کی شادی پر چند روز کے لیے باہر چلے گئے ہیں۔"

"یار! نہ جانے میں پاگل ہوں یا تم۔ آخر یہ شراب۔ کھانے کا سامان اور پھر ایک نوجوان لڑکی۔۔۔ میں یہ چیزیں کہاں سے لاؤں گا۔۔۔"

"اس کا انتظام ہم کریں گے۔"

"اچھا اب سمجھا۔۔۔ پھر کیا ہو گا؟"

"ہو گا یہ کہ تھوڑی سی شراب پی کر وہ تم سے کھل جائے گا۔ کاروباری بات چیت صاف صاف ہو جائے گی اور یہ ساری بات چیت ہم ساتھ والے کمرے میں ریکارڈ کر لیں گے۔ مجرم خود جال میں پھنس جائے گا۔۔۔"

" بھئی تم سچ مچ بہکی بہکی باتیں کر رہے ہو۔ مانا اس الف لیلہ کی کہانی کی سب چولیں ٹھیک بیٹھ جائیں تو پھر مجھے کیا حاصل ہو گا؟"

وہ بھی سنو۔ سیٹھ جی پھنس جائیں تو تم ان سے کہنا کہ اگر دس ہزار روپیہ دلوا دیئے تو معاملہ رفع دفع کروادوں گا۔"

"اچھا تو روپیہ لے کر اسے چھوڑ دیا جائے۔"

"ارے نہیں چھوڑیں گے نہیں۔۔۔ سی آئی ڈی ایسے بد معاشوں کو چھوڑ نہیں سکتی۔ نہ میں اس روپے میں کچھ لوں گا وہ تو محض تمھاری جیب میں جائے گا۔"

میں نے جھینپ کر جواب دیا" معاف کرو دوست مجھ سے یہ نہیں ہو سکے گا۔"

اس پر میرے دوست کو غصہ آیا بولا "دیکھو اس قسم کے لوگ پبلک کے دشمن ہیں۔ انھوں نے ملک کو جو نقصان پہنچایا ہے تم اس کا اندازہ تک نہیں لگا سکتے۔ ان کو سزا دلوانا تو ایسا ہی ہے جیسے طاعون کے چوہوں کو ہلاک کرنا۔ میں نے کہا" یہ سب ٹھیک ہے میں تمھاری مدد کرنے کو تیار ہوں لیکن میں کسی سے ٹھگی کرنے کو تیار نہیں ہوں۔"

بھئی یہ ٹھگی نہیں۔ یہ تمھارا حق ہے۔ محنت کا حق۔ ہم کو دیکھو ہم پبلک کے دشمنوں کو چکمہ دے کر گرفتار کرتے ہیں اور حکومت ہم کو تنخواہیں دیتی ہے۔ بھئی اگر تمھارا حق محنت مجرم ہی کی جیب سے نکل آئے تو اس میں برائی ہی کیا ہے،

غرض میرے دوست نے عملی دنیا کے نشیب و فراز اس انداز سے سمجھائے کہ مجھے آخر کہنا پڑا۔ "لیکن دوست یہ تو سوچو کہ میں اس قسم کی تکڑم بازی میں بالکل ہی کورا ہوں بھلا مجھ میں اتنی چالاکی کہاں کہ اتنی لمبی چوڑی اسکیم کو کامیاب بنا سکوں۔"

"تم لمبی چوڑی اسکیم کی بات کو چھوڑو۔ پہلے تو تمھیں سیٹھ کے پاس جا کر اسے دعوت دینی ہے۔ سمجھے؟"

میں اس کے دلائل کے سامنے ٹھہر نہ سکا۔ لیکن میں نے سوچا کہ اس کے کہنے سے میں سیٹھ کے پاس چلا جاتا ہوں۔ ظاہر ہے کہ سیٹھ میرے جال میں نہیں پھنسے گا۔۔۔ کیوں کہ میں اس معاملے میں بالکل الّو تھا۔ بس یہیں پر بات ختم ہو جائے گی۔"

پھر دیوراج نے تامل کیا۔ ہمیں اس کی داستان میں دلچسپی محسوس ہوئی۔ مگر ہم ان وقفوں کے عادی ہو چکے تھے۔ ہم نے ایک ایک سگریٹ جلا لیا اور اس کے بولنے کا انتظار کرنے لگے۔ آخر اس نے پھر کہنا شروع کیا۔۔۔ "میں دوسری شام سیٹھ جی کے وہاں پہنچا۔ دل دھک دھک کر رہا تھا، آواز تک کانپ رہی تھی۔ لیکن عجیب بات یہ ہوئی کہ سیٹھ جی نے بڑی آسانی سے میری دعوت قبول کر لی۔ ان کے دعوت قبول کرنے سے مجھے خوشی ہونے کی بجائے اور پریشانی ہوئی۔"

"جب میرے دوست نے میری کامیابی کے بارے میں سنا تو اچھل پڑا بولا "بس اب پو بارہ سمجھو۔"

"میں نے مری ہوئی آواز میں کہا "یار یہ کام مجھ سے نہیں ہو سکے گا۔"

"ارے بھئی! اب کون کام باقی رہ گیا ہے۔ میں تمھیں چند سوال اور چند نکتے

سمجھا دوں گا بس سیٹھ سے گفتگو کرنے میں انھیں باتوں کو دھیان میں رکھنا۔ بس مرغا خود ہی پھنس جائے گا۔"

میں نے اس کے راستے میں روڑا اٹکانے کے خیال سے کہا "تو بھئی یہ لڑکی وڑکی کا انتظام کیسے کروں گا۔"

"وہ بھی سنو۔ آج ہی شام کناٹ پلیس جاؤ۔ جہاں ایک چھوٹا سا لال لیٹر بکس ہے وہاں چراغ جلے کھڑے ہو جانا۔ ایک ہی جگہ کھڑے کھڑے سگریٹ پھونکتے رہنا۔ جب زیادہ سے زیادہ تیسرے سگریٹ پر پہنچو گے تو کوئی نہ کوئی خضرِ راہ دکھائی دے گا۔ بس معاملہ طے کر لینا۔"

مجھے اس بات کا یقین نہ آیا لیکن چونکہ میرے لیے کوئی خاص جھنجھٹ نہیں تھا۔ اس لیے اندھیرا ہوتے ہی میں اس جگہ پر جا کھڑا ہوا اور پہلا سگریٹ جلایا۔ کش پر کش لگاتا رہا۔ سینکڑوں لوگ ادھر سے اُدھر گزر گئے۔ کسی نے مجھ سے پچھ نہ پوچھا۔ پہلا سگریٹ ختم ہونے کو آیا تو اسی سے دوسرا جلا لیا۔ مجھے یقین تھا کہ میرے دوست کا خیال غلط نکلے گا اور میں خوش تھا کہ اس طرح میں اس قضیہ کو ختم کر دوں گا۔ ابھی دوسرا سگریٹ پی رہا تھا کہ ایک صاحب اور میرے قریب آکر کھڑے ہو گئے۔ میں ان کی موجودگی سے گھبرایا کہ ان کے روبرو اگر کوئی معاملہ طے کرنے والا آ گیا تو بہت مشکل پیش آئے گی۔"

میں نے چپکے سے اس کی جانب دیکھا۔ وہ اکہرے بدن کا کمزور شخص تھا۔ عمر لگ بھگ اٹھائیس برس۔ بال خشک، گال اندر کو دھنسے ہوئے۔ ہاتھوں کی نسیں ابھری ہوئی۔ گھٹیا سی میلی ٹائی، پرانا کوٹ، پرانی پتلون۔ عجیب حلیہ تھا وہ یا تو پرانا

شرابی کبابی اور عیاش تھا یا مصائب دنیا کا ستایا ہوا۔ لیکن میں جلد ہی اس کے کردار کا تجزیہ کرنے سے اکتا گیا۔ دوسرا اسگریٹ ختم ہو رہا تھا۔ تیسرا نکالا اور سوچا کہ بس چند کش اور اس کے بعد چل دوں گا گھر کو۔ دفعتاً آواز آئی' کچھ چاہیئے بابو جی؟"

میں نے چونک کر دیکھا۔ یہ آواز کہاں سے آئی تھی۔ نو وارد چپ چاپ کھڑا تھا۔ مجھے شبہ ہوا شاید میرے ہی کان بج رہے تھے۔

"میں آپ ہی سے کہہ رہا ہوں۔"

نو وارد ہی بول رہا تھا۔

"آپ۔۔۔!" میں گھبرا گیا" کچھ۔۔۔ کیا۔۔۔ اوہ ہاں۔۔۔ جی ہاں۔"

میں اس کی جانب دیکھ رہا تھا لیکن اس کی نظریں دوسری جانب تھیں۔ وہ جنگلے پر جھکا سڑک کی جانب پیٹھ کیے چپ چاپ سگریٹ پی رہا تھا۔ میں نے سوچا آخر میں اس کی جانب کیوں دیکھوں۔ چنانچہ میں نے سڑک کی جانب منہ پھیر لیا۔

قدرے تامل کے بعد آواز آئی کب؟

"کل رات۔۔۔ کیسی ہے؟"

اس پر نو وارد چپ رہا۔ پھر بولا "بالکل جوان ہے۔"

بات یہ ہے کہ میں نے گلا صاف کرتے ہوئے کہا۔ میں ان باتوں کا شوقین نہیں ہوں۔ سرکاری معاملہ ہے اس لیے ذرا ٹھیک ٹھاک ہونا چاہیئے۔۔۔

یہ کہہ کر مجھے خیال آیا کہ آخر مجھے اس شخص کو یہ یقین دلانے کی کیا ضرورت تھی کہ لڑکی مجھے اپنے لیے درکار نہیں تھی۔۔۔ اسے میرا اناڑی پن کہنا چاہیئے۔

پھر آواز آئی "کل کس ٹائم؟"

"دس بجے رات سے صبح تک۔۔۔پانچ بجے تک۔"

"پچیس رُپے۔۔۔"

"ٹھیک۔۔۔ کہاں پر"

"انڈیا گیٹ۔۔۔"

"او کے انڈیا گیٹ دس بجے شارپ۔"

میرے دوست نے جب یہ بات سنی تو میری پیٹھ پر دھول جما کر بولا "یار! تم تو چھپے رستم نکلے۔ واہ وا۔ اچھا اب کل شام کو پانچ بجے ملو تا کہ تمھیں مکان دکان دکھا دوں۔ اور تمھیں باقی باتیں بھی سمجھا دوں۔

دوسرے روز شام کو وقت مقرر پر میں اپنے دوست سے ملا۔ اس نے ایک عمدہ بڑی سی ٹیکسی میں مجھے بٹھایا اور ہم منزل مقصود کی جانب روانہ ہو گئے۔ ایڈورڈ روڈ کے آخر میں ایک سنسان سی کوٹھی تھی۔ لیکن جگہ پر فضا تھی۔ مجھے وہ مخصوص کمرہ دکھایا گیا جو ڈرائنگ روم کی صورت میں سجا ہوا تھا۔ دو کمرے اور بھی تھے جو نسبتاً چھوٹے تھے۔ کوٹھی کے باقی کمروں کے بارے میں مجھے ہدایت دی گئی کہ سیٹھ جی سے کہہ دوں کہ وہ میرے دوست بند کر کے چلے گئے ہیں۔ صرف یہ کمرے میں نے تفریح طبع کے لیے رکھے ہیں۔۔۔ ڈرائنگ روم کی دری اور غالیچوں کے نیچے ہی نیچے تاریں کوٹھی کے ایک دور افتادہ کمرے تک چلی گئی تھیں وہاں ساری گفتگو کو ریکاڈ کرنے کا انتظام کیا گیا تھا۔

جب میرے دوست سب ہدایات دے چکے تو کہا کہ آؤ اب مجھے کناٹ پلیس میں چھوڑ دو۔ اور پھر یہ ٹیکسی تمھارے سپرد کر دی جائے گی۔ پہلے لڑکی کو لے آنا

اور پھر ڈرائیور کو سیٹھ صاحب کو لانے کے لیے بھیج دینا۔ خاطر جمع رکھو۔ باقی کھانے پینے کا انتظام بالکل مکمل ہو گا۔ یہ ڈرائیور اور نوکر چاکر سب اپنے آدمی ہیں۔ اس لیے جو کچھ بھی کہنا سننا ہو انھیں سے کہنا۔

رات کے دس بجے تک میں نے وقت اِدھر اُدھر گھوم کر گزار دیا۔ عین دس بجے میں ٹیکسی سمیت انڈیا گیٹ پہنچا۔ لیکن وہاں کچھ لانے والے صاحب کو نہ پایا۔ انتظار ضروری تھا۔ ٹیکسی سے نکل کر میں اِدھر اُدھر ٹہلنے لگا۔ ایک ایک لمحہ پہاڑ ہو رہا تھا یہ بھی فکر تھی کہیں وہ حضرت نہ آئے تو بڑی بھد ہو گی۔

کوئی آٹھ منٹ بعد وہ صاحب سائیکل پر سوار آتے دکھائی دیے۔ تاریکی میں پہلے تو انھیں تنہا دیکھ کر پریشانی ہوئی لیکن ان کے پیچھے کیریئر پر بیٹھی لڑکی کو دیکھ کر جان میں جان آئی۔

لڑکی کے خدوخال دیکھ کر مایوسی ہوئی وہ بہت عام صورت کی لڑکی تھی۔ البتہ جسم گٹھا ہوا معلوم ہوتا تھا۔ ہاتھوں کی بناوٹ اچھی تھی رنگت بھی بری نہیں تھی۔ ادھر ہمارے سیٹھ کون پری زاد تھے یہ کہہ کر میں نے اپنے دل کو تسکین دی۔

وہ آدمی تاخیر کے لیے معذرت کر رہا تھا لیکن میں نے اس کی کوئی بات نہیں سنی جلدی سے پچیس رُپے اس کے ہاتھ میں تھمائے اور بولا۔ "اب اور دیر نہیں ہونی چاہیے۔۔۔ چلیے بیٹھیے کار میں۔"

آدمی نے لڑکی کو آگے کو دھکیلا تو لڑکی ایسے بڑھی جیسے گھر سے مار پیٹ کر زبردستی لائی گئی ہو۔

ٹیکسی چلی تو وہ آدمی ہاتھ اٹھا کر بولا۔ "صبح پانچ بجے شارپ۔"

پانچ بجے شارپ، میں نے جواب دیا اور پھر ڈرائیور سے کہا "بھئی تیزی سے چلو۔ آگے ہی کافی دیر ہو گئی ہے۔"

راستے میں لڑکی سے کوئی بات نہیں ہوئی۔ میں نے دیکھا کہ اس کے چہرے پر گہری اُداسی چھائی ہوئی ہے۔ اس کا میک اپ بے پرواہی سے کیا گیا تھا اگرچہ زیادہ لیپ پوت نہیں کی گئی تھی۔ مجھے وہ بے حد الھڑ، شریف، ناتجربے کار اور گھریلو ٹائپ کی دکھائی دی اس نے ایک آدھ بار ماتھے پر گہرا بل ڈال کر مجھے اچٹتی ہوئی نظر سے دیکھا۔ جیسے میں بھیڑیا ہوں، جو بھیڑ کو اٹھائے لیے جارہا ہوں۔ میں دل ہی دل میں بے حد شرمندہ ہو رہا تھا۔ بے اختیار جی چاہ رہا تھا کہ اس سے کہوں بہین جی! میں آپ کو اپنے لیے نہیں لے جارہا ہوں۔

لیکن میرے دل کی دل میں ہی رہی۔ یہاں تک کہ ہم کوٹھی جا اترے۔

ڈرائیور وہیں سے سیٹھ کو لینے چلا گیا۔

میں لڑکی کو لے کر ڈرائنگ روم میں پہنچا تو دیکھا ایک ملازم کھڑا ہے کچھ ڈھکے ہوئے ڈونگے پرے میز پر رکھے ہیں۔ وہسکی کی دو بوتلیں بھی موجود ہیں۔ ریڈیو بج رہا ہے۔ غرض فضا خاصی دلچسپ ہو رہی تھی۔

لڑکی ایک صوفے پر بیٹھ گئی۔ میں نے پانی وانی کے بارے میں پوچھا تو اس نے انکار کر دیا۔

نوکر کے اشارے پر میں باہر گیا تو اپنے دوست کو پولیس کے چند اور لوگوں کے ہمراہ گپیں ہانکتے پایا۔ اس نے کہا کہ لڑکی کا انتخاب اچھا نہیں ہے۔ میں نے معذوری ظاہر کی۔ انھوں نے کہا کوئی مضائقہ نہیں۔ شراب کا دور خوب چلنا چاہیے

پھر سب کچھ حسین نظر آنے لگے گا۔ سیٹھ سے کرید کرید کر باتیں پوچھنا تاکہ پکا ثبوت فراہم ہو سکے۔

اس کے بعد مجھے فوراً کمرے میں واپس بھیج دیا گیا اور وہ خود بھی اپنی کمین گاہ میں گھس گئے۔

سیٹھ صاحب کے پہنچنے کا وقت قریب آرہا تھا میں نے ایک نظر کمرے میں دوڑائی اور محسوس کیا کہ سوا اس لڑکی کے باقی سب چیزیں درست تھیں۔ لڑکی بالکل ٹھس تھی۔ شکل کی بات تو رہی الگ تیور ہی بے ڈھب ہو رہے تھے اور پھر منہ کپّا۔ نہ بات چیت، نہ مسکراہٹیں نہ قہقہے۔

اسی اثنا میں لان پر کار کے رکنے کی آواز آئی۔ میں بازو پھیلائے باہر نکلا۔ اور سیٹھ صاحب کا بڑا پرجوش خیر مقدم کیا۔ سیٹھ صاحب نے اِدھر اُدھر دیکھ کر کہا "صاحب بڑی سنسان جگہ ہے لیکن ہے پر فضا۔"

جی جی، میں نے جواب دیا۔

سیٹھ صاحب سیاہ فام ہونے کے علاوہ یوں بھی بڑے بے ڈول اور بدصورت انسان واقع ہوئے تھے۔ قد چھوٹا، گول مول، کالے کلوٹے، بھدے نقوش، کلے میں پان۔

میں نے سیٹھ صاحب کو بھی اسی لمبے صوفے پر بٹھا دیا جس پر کہ لڑکی بیٹھی تھی۔ سیٹھ صاحب نے اِدھر اُدھر کے چند سوالات کیے جن کے معقول جوابات پہلے ہی سے گھڑے گھڑائے موجود تھے۔

وہسکی کا دور شروع ہوا۔ چار چار پیگ حلق سے نیچے اتر گئے۔ لیکن سیٹھ بالکل

سنجیدہ اور اٹل بیٹھے تھے۔ نہ آنکھیں چڑھیں نہ بہکے۔نہ ہنسے، صوفے کے ایک سرے پر لڑکی چپ چاپ بیٹھی تھی اور دوسرے سرے پر سیٹھ صاحب۔ دونوں ٹس سے مس نہیں ہو رہے تھے۔ ان دونوں کے درمیان میری جان ضیق میں تھی۔ عجب لوگ تھے یہ۔

یوں سیٹھ صاحب نے وھسکی پینے سے انکار نہیں کیا لیکن کیا مجال جو لمحہ بھر کو بھی بہکیں۔

میں کچھ دیر انھیں لڑکی کے ساتھ تنہا چھوڑ کر باہر چلا گیا۔ اور تاریکی میں سے کھڑکی کی دراڑ میں سے اندر جھانکتا رہا مگر دونوں چپ چاپ تھے۔ سیٹھ صاحب پیگ لنڈھائے جا رہے تھے اور سگریٹ کا دھواں اڑا رہے تھے۔یوں کبھی کبھار ایک نگاہ لڑکی پر بھی ڈال لیتے۔

تنگ آکر میں پھر اندر پہنچا۔ لڑکی نے شراب پینے سے انکار کر دیا تھا لیکن اصرار کرنے پر کھانے میں شامل ہو گئی۔ اب میں نے بزنس کی بات کی۔ لیکن سیٹھ صاحب کچھ نہ بولے۔ میں نے نہایت بے ضرر اور معصوم سوالوں سے گفتگو کا آغاز کیا۔ لیکن سیٹھ صاحب کو کھلنا تھا نہ وہ کھلے۔ بڑی کوفت ہو رہی تھی۔ وہ ہر سوال کا جواب ہوں ہاں دے کے ٹال دیتے۔ میں کہتا۔

سیٹھ صاحب! میں معمولی آدمی ہوں کسی نہ کسی طرح سے پندرہ بیس ہزار روپیہ اکٹھا کیا ہے۔ اگر کامیابی نہ ہوئی تو بڑی مشکل کا سامنا ہو گا۔"

سیٹھ صاحب بھولپن سے کہتے جی ہاں بزنس میں ایسا بھی ہو جاتا ہے۔

میں لمبی چوڑی گفتگو کے بعد پوچھتا۔ "تو سیٹھ صاحب آپ سے کیا امید

رکھوں؟"

جواب ملتا "امید تو بھگوان سے رکھنی چاہیے۔"

غرض یہ کہ انہوں نے کسی طرح پٹھے پر ہاتھ نہ رکھنے دیا۔ نہ شراب نے کچھ کام کیا اور نہ لڑکی نے۔

ہر داؤ اور ہر گھات سے کام لے کر بھی جب کامیابی حاصل نہ ہوئی تو سیٹھ صاحب کو ٹیکسی پر واپس بھیج دیا گیا۔ ٹیکسی میں بیٹھتے وقت صرف اتنا کہا "بہت بہت شکریہ۔ جو کچھ میری قوت میں ہے سو وہ میں آپ کے لیے ضرور کروں گا۔"

سیٹھ صاحب کے چلے جانے کے بعد لڑکی تو ڈرائنگ روم میں بیٹھی رہی اور میں اپنے دوست اور اس کے ساتھیوں میں جا ملا۔ ہم سیٹھ جی کے گھاگ پن کا ماتم کرتے رہے۔ لڑکی صوفے پر اونگھتی رہی۔

پانچ بجنے سے کچھ پہلے میں نے لڑکی کو جگایا اور اسے ٹیکسی میں بٹھا کر انڈیا گیٹ کی طرف چل دیے۔

لڑکی نے راستے میں بات تو کجا میری جانب دیکھا بھی نہیں مجھے اس پر غصہ بھی آرہا تھا اور رحم بھی۔ اور سب سے بڑھ کر میں اپنے پر لعنت بھیجتا رہا۔

انڈیا گیٹ کے قریب اس کا ساتھی کھڑا تھا۔ انجن روکے بغیر ٹیکسی ٹھہر گئی میں نے دروازہ کھولا تو لڑکی شعلے کی طرح باہر نکلی اور ساتھی سے کہنے لگی "اب آئندہ تم نے ایسا کیا تو زہر کھالوں گی۔"

ٹیکسی چل دی۔

دیوراج چپ ہو گیا۔ حسب عادت ہمیں کہانی دلچسپ تو ضرور لگی لیکن بے تکی

سی۔۔۔ ہماری طرف مطلقاً دھیان دیئے بغیر دیو راج نے نیا سگریٹ ہونٹوں میں دبایا اور مسکرا کر بولا یہ میرا تیسرا سگریٹ ہے۔۔۔ کہانی ختم نہیں ہوئی اس کا اختتامیہ باقی ہے۔

"اچھا؟" ہم نے بیک زبان حیرت کا اظہار کیا۔

دیو راج نے گہرے گہرے کش لیے اور کہنا شروع کیا "چند ماہ بعد مجھے نوکری مل گئی اچھی ملازمت تھی۔ گیزیٹیڈ۔ مجھے اپنے لیے ایک معاون رکھنے کی اجازت تھی۔ اس اسامی کے لیے اشتہار دیا گیا۔ ٹیکنیکل کام تھا زیادہ عرضیاں نہیں آئیں۔ جو آئیں ان میں صرف ایک ہی شخص کام کا معلوم ہوا تاہم میں نے نصف درجن امیدواروں کو انٹرویو کے لیے بلالیا۔ انٹرویو مجھے خود ہی لینا تھا۔

انٹرویو والے دن میں وقت سے ذرا پہلے دفتر پہنچ گیا تاکہ کاغذات پر ایک نگاہ دوڑالوں۔

دو سگریٹ پی کر میں نے چپڑاسی کو پہلا نام بتایا۔ تیسرا سگریٹ میرے ہونٹوں ہی میں تھا کہ سامنے وہی حضرت۔۔۔ یعنی لڑکی والے دکھائی دیے۔

نظریں ملتے ہی ہم دم بخود رہ گئے۔

بالآخر میں نے کہا۔ "تم قابل شخص معلوم ہوتے ہو بلکہ سب امیدواروں سے بھی قابل۔۔۔ لیکن وہ لڑکی۔۔۔"

اس نے زمین کی طرف دیکھتے ہوئے جواب دیا۔ "میری بہن تھی۔۔۔ یقین کیجئے وہ اس کا پہلا موقع تھا اور آخری۔۔۔ میں اسے آپ کے سامنے لا سکتا ہوں۔۔۔ وہ خود اس امر کی گواہی دے گی۔۔۔ یہ نہ پوچھئے کہ اس رات کن حالات سے مجبور

ہو کر وہ حرکت کی۔۔۔"

"میں نہیں پوچھوں گا۔۔۔" میرے دل سے بوجھ سا اتر گیا پھر میں نے کہا "دیکھو! اس رات بھی کسی نے اسے چھوا تک نہیں۔"

اس کی آنکھوں میں آنسو آ گئے۔ میں نے کہا، میں نے فیصلہ کر لیا ہے کہ میں تمھیں کو منتخب کروں گا۔ اب جاؤ" وہ سسکیاں بھرتا ہوا چلا گیا۔"

پھر دیوراج نے مسکرا کر ہم سب کی طرف دیکھ کر کہا:

"اس روز تیسرا سگریٹ پینے کا جو لطف آیا وہ پھر کبھی نہیں آیا۔"

***